FAROUCHES

Du même auteur

Les Confessions du monstre
roman
Flammarion, 2013

Les États et empires du lotissement Grand Siècle
fiction documentaire
PUF, 2016

Par les écrans du monde (Empires, I)
roman
Seuil, 2018

Fiction & Cie

Fanny Taillandier

FAROUCHES

EMPIRES, II

Seuil
*57, rue Gaston-Tessier, Paris XIXe*

COLLECTION
« Fiction & Cie »
fondée par Denis Roche
dirigée par Bernard Comment

ISBN 978-2-02-148509-7

www.seuil.com
www.fictionetcie.com

Chaque endroit est un autre endroit.

Jorge Luis Borges

Les vainqueurs l'écrivent, les vaincus racontent l'histoire.

Élie Yaffa

LIGURIE

Cet article ne cite pas suffisamment ses sources. Vous pouvez contribuer à l'améliorer en cliquant ici.

Géographie

Voir la situation sur la carte du monde / sur la carte de l'Union

La Ligurie s'étend dans l'arc côtier qui se déploie d'ouest en est, entre le delta du Rhône et Gênes. La partie la plus escarpée de sa côte est appelée riviera. Ses reliefs s'accentuent progressivement jusqu'aux cols alpins qui ont constitué longtemps une frontière naturelle, puis redescendent en pente plus douce jusqu'à Gênes.

Histoire

Article détaillé : histoire de la Ligurie

La Ligurie est une région peuplée depuis le Néolithique. Elle fut en contact par la mer avec la civilisation crétoise minoenne, puis avec les Étrusques par la terre, avant d'être asservie de haute lutte par l'Empire romain, qui déporta les Ligures défaits pour s'approprier les terres et pacifier les chemins.

La frugalité des ressources locales, de même que le caractère accidenté de sa topographie, a fait de la Ligurie une terre de piraterie et de contrebande tout au long de son histoire.

Dans les Temps modernes, elle fut artificiellement divisée entre deux États-nations, la France et l'Italie. Elle est région membre de l'Union.

Administration

Dans le cadre du Plan quinquennal de lutte contre les invasions barbares (PQ-LIB), l'Union a suspendu les anciennes frontières nationales, qui peuvent cependant être réactivées par décret si les directions décentralisées de sécurité le jugent nécessaire pour la sûreté des sujets.

Article détaillé : PQ-LIB

La Ligurie, autrefois distribuée entre la France et l'Italie, a retrouvé son unité à cette occasion.

L'Union s'est félicitée par voie de presse de cette réunification, annonçant que l'on revenait ainsi aux provinces historiques de l'Empire romain, qui en toute chose doit servir de modèle. C'est un raccourci de raisonnement puisque les Romains ont effacé la Ligurie des cartes après avoir déporté une grande partie de ses coriaces habitants ; mais l'Union est friande d'approximations (non neutre).

La Ligurie est administrée par une préfecture dont le siège se trouve à Antipolis, devenue ville fortifiée, uniquement dévolue à cette fonction. N'y entrent désormais que les personnels habilités. D'ailleurs, l'administration ne concernant pas grand-chose ni grand monde, personne n'y va (non neutre).

Outre les deux métropoles portuaires de Marseille et Gênes, qui en constituent les deux portes d'entrée, la ville de Liguria, dont les chantiers navals ont longtemps été florissants, peut être considérée comme une capitale économique de la région.

Économie

Les principales ressources ligures sont le vin, l'huile d'olive, la pêche et la chasse pour le secteur primaire, la réparation navale pour le secteur secondaire, le bâtiment et les services à la personne pour le secteur tertiaire. Le tourisme, moteur économique de la région jusqu'au début du XXIe siècle, est désormais une ressource aléatoire, comme dans la plupart des zones maritimes de l'Union, conditionnée aux autorisations de circuler accordées aux sujets de l'Union.

L'industrie minière et les grands chantiers, consommateurs de main-d'œuvre durant le XXe siècle, ont provoqué une forte hausse démographique locale et laissent aujourd'hui une bonne part de la population ligure dans une grande précarité économique.

L'économie dite souterraine, consubstantielle au pays depuis toujours (quand ?) en raison de sa situation côtière (contrebande), assure les revenus d'une part importante de cette population, à côté d'une nette augmentation des emplois mercenaires dans les forces de sécurité privées.

Cependant, une partie de la population ligure est constituée de foyers à hauts revenus, souvent venus d'autres parties de l'Union, qui recherchent ici un cadre de vie dont les aménités sont nombreuses (nature, mer, loisirs). Ces foyers sont globalement situés dans des zones résidentielles périurbaines.

Climat et écologie

La Ligurie bénéficie du climat méditerranéen jusqu'à 1 000 mètres d'altitude. Les précipitations sont rares hormis aux équinoxes. L'été et l'hiver sont secs. Le taux d'ensoleillement est l'un des plus importants de l'Union.

En raison du changement climatique, les températures ont monté graduellement durant les cinquante dernières années, tandis que les épisodes de crues se multipliaient.

Au cours du XXe siècle, les terres forestières et agricoles ont diminué au profit de vastes zones résidentielles ; le morcellement et l'artificialisation des sols induits par ces dernières sont parfois cités parmi les causes de différentes nuisances : inondations, pollution, présence d'espèces animales forestières dans les zones résidentielles, qui provoquent des dégradations.

Mythodémographie

La Ligurie est une terre souvent considérée comme magique (par qui ?). Peuplée au fil des siècles par l'installation de groupes ou d'individus venus de tous les coins de l'Europe et de toutes les rives de la Méditerranée, elle tisse de manière sous-jacente de multiples récits, plus ou moins connus, plus ou moins oubliés. Entre ces récits différents se trouvent un nombre infini de points communs formant autant de passerelles, de portes, de bifurcations dans les vies des Ligures et dans leur conscience d'eux-mêmes.

Leur caractère imprévisible et rêveur, parfois tempétueux, peut en partie s'expliquer ainsi (source ?), autant que par la rugosité majestueuse de leur environnement végétal, minéral et animal.

GÊNES
MARSEILLE
LIGURIA

I

TRACES

1

La silhouette de la femme se découpait à contre-jour sur le paysage de la baie vibrant de soleil. La mer immobile ; l'horizon flou. Tout était bleu, vert-jaune et blanc, excepté son cou, ses épaules et son dos légèrement penché vers la gauche, dans la continuité sinueuse de sa nuque qui pivotait lentement sous les cheveux relevés : un corps quasi noir, avec seulement parfois l'éclat de son collier dans un mouvement de tête. Elle semblait scruter quelque chose.

Mais peut-être que non, peut-être que je l'imaginais seulement.

À ses pieds, la baie s'ouvrait en un paresseux demi-cercle, fermé d'un côté par une avancée de terre couverte de forêt, qui plongeait dans la mer en roches blanches et brumeuses, de l'autre par les installations gigantesques de l'ancien chantier naval de Liguria, dont les grues se dressaient dans le lointain. Vers la ville, invisible depuis la colline, les sillons des bateaux laissaient dans l'eau de longues traînées blanches. Sur la gauche, à une centaine de mètres à vol d'oiseau de la maison, une falaise blanche s'avançait vers la mer et s'interrompait brusquement, à pic, tranchant par sa netteté avec la brume de chaleur qui s'épaississait au loin.

Baya arriva dans le jardin en tenant précautionneusement un plateau sur lequel trônaient du rosé dans un seau et une bouteille de Ricard. Ses bracelets frémissaient sur sa peau bronzée, lavée, huilée. Elle le posa sur la table. La femme n'avait pas bougé.

– Jean, tu prends les verres ?

Jean apparut sur le perron de la maison et s'arrêta une seconde près des aloès qui bordaient les trois marches de l'escalier de pierre. Il rentra dans la pénombre de la cuisine et ressortit chargé d'un second plateau sur lequel, en plus des verres, se trouvaient divers amuse-bouches disposés dans des assiettes de couleur. Il s'approcha de la table avec son bon sourire de bête tranquille.

L'un et l'autre regardèrent le dos de la femme, parcouru d'imperceptibles mouvements comme ceux de certains fauves au repos. Le soleil descendant augmentait le contre-jour ; les cheveux relevés avaient des reflets scintillants. Elle ne semblait pas envisager de quitter son poste, toujours debout au bord du jardin étagé en terrasses, les mains posées sur les hanches.

– Vous préférez du vin ou du pastis ? finit par demander Jean d'une voix forte.

La femme pivota sur ses pieds et s'approcha d'eux. Son visage très allongé n'exprimait aucun sentiment. Elle jeta un regard bref à Jean, et un autre à Baya.

– Du rosé, merci, dit-elle d'un ton détaché en se dirigeant vers la chaise qui, dos à la maison, permettait d'embrasser du regard le jardin et la vue sur la baie. Sa robe se plia docilement sur son corps lorsqu'elle s'assit.

Jean lui servit un verre et en emplit un second pour Baya.

– C'est la cuvée des producteurs du chemin des Roquettes, dit-il.

Personne ne releva. Il attrapa agilement deux glaçons dans un bol à l'aide d'une pincette métallique et se servit une rasade d'anis. Il s'assit à son tour et croisa ses deux jambes musclées avec un geste d'adolescent.

On trinqua. Baya sortit une longue cigarette d'un étui en argent. Le silence qui suivit était un peu plus long que le silence moyen constaté dans ce genre de contexte.

– Bienvenue, alors, proféra Jean avec un sourire un peu plus appuyé, relevant davantage de la catégorie commercial en cours de signature.

– Oui, bienvenue ! reprit Baya. Bienvenue sur notre petite colline. Et elle sourit, version sympa, les yeux soudain pétillants.

– Grand jardin, finit par dire la femme.

– C'était un domaine agricole, ici, expliqua Jean. Les terrasses étaient chacune dévolues à une production particulière : vigne, fruits, potager, céréales. Et les pierres qui forment les murs de soutènement sont celles que les paysans trouvaient dans la terre en labourant. Vous imaginez.

– Jean adore raconter ces histoires, interrompit Baya avec un nouveau sourire. À chaque brocante il fouine partout pour trouver des livres sur le pays ligure, les restanques, les faïsses, les rideaux… Une vraie manie.

– Mais oui, c'est passionnant je trouve. Ce qu'il a fallu d'obstination pour mettre cette terre en culture. C'est sec, caillouteux, il fait chaud, tout était boisé… On comprend que les anciens Ligures soient restés semi-nomades. Il a fallu les Romains pour domestiquer tout ça. Ils devaient en avoir, du courage. Ou de la patience. Ou simplement avoir très faim.

Un silence passa. Les trois adultes humains regardaient dans le vague, surplombant depuis leur table de jardin les terrasses successives qui descendaient jusqu'à la courte plaine courant vers la côte. Au-dessus de leurs têtes, quatre grands pins abritaient le tohu-bohu finissant des cigales.

– Enfin ! maintenant nous avons la piscine en contrebas. Nous avons seulement gardé le verger. Les abricots sont divins cette année, reprit Baya.

– Eh oui, nous avons désormais des abricots en juin… Pas désagréable, bien sûr, mais significatif.

La femme ne disait toujours rien. Son visage fin se tournait de l'un à l'autre de ses interlocuteurs, ce mouvement lui-même étant devancé par ses yeux très mobiles, perçants. Baya, qui se prenait à présent le soleil en pleine tronche, descendit sur son nez les lunettes noires qu'elle portait sur la tête. Ses yeux légèrement fardés disparurent partiellement derrière les verres fumés assortis à son rouge à lèvres.

– Et alors, comment êtes-vous arrivée jusqu'à notre colline ?

– Votre colline ?

– Ici, quoi. C'est vrai que ce n'est pas exclusivement la nôtre !

Il y eut un rire bref partagé par le couple humain marié.

– Par hasard, en réalité, dit la femme sans rire. Je me déplace au gré des aléas, je ne choisis pas vraiment. Comme la maison était vide…

– Nous sommes ravis que vous l'occupiez. Ce n'est jamais bon, une maison vide. Ça se dégrade. Et puis il y a les terres autour. Ça tourne vite à la friche, si personne n'y prend garde. D'ailleurs c'est un problème dont s'est saisie la municipalité. Comme il y a beaucoup de résidences secondaires, il faut une action forte. « Biodiversité et sécurité sur nos restanques », ça s'appelle.

– C'est sûr que c'est beaucoup de travail, appuya Baya.

La femme ne relança pas et à nouveau la conversation s'enraya.

– Vous étiez dans quel coin, précédemment ?

– J'ai beaucoup bougé. Je ne me fixe pas trop, ce sont davantage les circonstances qui me font rester ou quitter un endroit. J'avais besoin d'espace.

Les regards des époux se croisèrent brièvement. Jean tendit à la femme l'assiette qui contenait les gougères. Elle n'en prit pas.

– L'espace, voilà le vrai luxe, dit Baya avec un soupçon d'emphase qui pouvait ouvrir la voie à un certain second degré.

– Exactement, répondit la femme avec une conviction presque incongrue.

Jean se lança dans un rapide récit de leur propre arrivée sur la colline, dix ans plus tôt, déjà dix ans. Ils travaillaient en Suisse, à l'époque, tout en habitant près de Lyon d'où était originaire Baya. Ils n'avaient plus envie des grandes villes, du bruit ; ils aspiraient à quelque chose de plus calme. Des amis installés non loin leur avaient fait découvrir cette baie.

– Ça a été le coup de cœur, ponctua Baya.

– Et nous avons eu de la chance de trouver sur cette colline : quand vous vous promenez alentour, vous remarquerez que la nôtre est la seule, pratiquement, où subsistent des chemins vicinaux, des espaces naturels. Sur la colline de l'autre côté de la falaise, par exemple, c'est clôture sur clôture, tout est devenu privé, vous ne pouvez pas faire un pas hors de la route.

– J'ai remarqué, dit la femme.

Et brusquement elle sourit. Les yeux de Jean s'arrêtèrent sur ses canines inférieures, particulièrement longues.

– Jean adore se promener. Et il adore aussi critiquer l'époque, n'est-ce pas, chéri ? C'est un moraliste.

– Une barrière qu'on monte, c'est tout de même un chemin qu'on ferme.

Il se tut sous le regard que la femme avait braqué sur lui.

– C'est surtout à cause des nuisibles. Vous devez être au courant ? demanda Baya qui semblait n'avoir rien remarqué. Les sangliers. Selon la mairie, c'est en train de devenir préoccupant.

– Ils s'attaquent aux vergers et aux cultures, et comme ils sont moins chassés qu'autrefois, ils se reproduisent à toute vitesse dans la forêt de la cime. Ensuite, pour se nourrir, ils viennent chez les humains et font les poubelles, dit Jean avec un brin de condescendance.

– Ils ne font pas les poubelles, corrigea la femme.

Le couple humain marié la regarda d'un air interloqué.

– Ils ne font pas les poubelles, ils vérifient l'absence de charognes, continua-t-elle.

– Ah ? fit Baya, mi-sceptique mi-dégoûtée.

La femme porta son verre à ses lèvres. De nouveau, Jean fixa sa bouche.

À ce moment-là, les graviers de l'entrée du jardin, de l'autre côté de la maison, crissèrent et un bruit de moteur se fit entendre.

– Tiens, dit Jean.

– Qui cela peut-il être ? demanda Baya.

– J'y vais, dit Jean. Il se leva et, passant une main dans ses cheveux, disparut d'un pas rapide à l'angle de la villa.

À table, le silence retomba. Cela ne semblait pas gêner la femme, qui avait repris son attitude de veille immobile. Baya prit une gougère et la posa précautionneusement sur une serviette en papier devant elle.

– Vous êtes seule ? finit-elle par demander.

La femme eut l'air de réfléchir au sens de la question.

– Pas vraiment. Je vais bientôt être rejointe, je pense.

– Ah, répondit Baya, et le silence retomba.

Jean revint vers la table à ce moment-là, accompagné d'un jeune homme en tenue de ranger, svelte et petit, à la peau mate comme beaucoup de Ligures. Jean lui racontait quelque chose qui le faisait sourire. Baya le regarda, il la salua. Jean attrapa son portefeuille sur la desserte, sortit sa carte d'identité, la tendit à l'agent qui la lui rendit, s'excusa pour l'interruption, salua de nouveau et tourna les talons.

– C'était l'entreprise de surveillance ! annonça-t-il. Une ronde aléatoire dans notre colline. Moi qui n'avais pas été contrôlé depuis vingt ans, je viens de donner mes papiers à un gamin à peine majeur.

Et Jean rit, puis but la moitié de son verre d'un coup.

– Vous avez souscrit ? demanda Baya à la femme. Presque tout le monde sur la colline a souscrit.

– Non, répondit la femme.

– Tenez, voici leur carte, justement il vient de me la donner, dit Jean. Ils sont efficaces. Ils interviennent sur toute la Ligurie, de Gênes à Marseille. Tous bilingues. C'est leur univers, ce bout de côte. Ils le connaissent comme leur poche. Le gosse avait une liste d'adresses, il patrouille toute la nuit. Efficaces.

– Je vais y aller, dit la femme brusquement, et elle se leva sans toucher à la carte.

Baya se leva aussi ; Jean n'avait pas eu le temps de se rasseoir. La femme remercia poliment pour le vin, puis elle se mit en marche, ne leur laissant pas le temps de dire ouf.

– Vous voulez des abricots ? demanda Baya.

– Merci, répondit la femme par-dessus son épaule.

Et elle disparut derrière la villa.

Le couple humain se regarda et, après un temps, se mit à rire.

– Drôle d'animal, dit Jean.

Et ils reposèrent les verres sur les plateaux.

2

Jean aimait particulièrement le moment qu'il passait dans la cuisine, le matin, le temps que le café se fasse. Il ouvrait le volet qui fermait la porte vitrée, s'étirait sur le perron, observait la couleur du ciel, généralement bleu, rentrait à l'intérieur, inspectait la pièce, rangeait deux ou trois plats secs sur l'égouttoir en prenant garde à ne pas faire de bruit : habituellement, Baya se levait plus tard.

Il aimait particulièrement le calme profond de la colline au petit jour ; il aimait particulièrement les volumes des différents éléments, placards, plans de travail, frigo encastré, qui composaient la cuisine, et la façon dont la lumière extérieure glissait sur eux selon l'heure de la journée. Il aimait aussi la barre magnétique où étaient fixés les couteaux, lame en l'air, par ordre de taille, et l'étagère à épices, avec son savant fouillis de pots multicolores. Lorsqu'on repoussait un tiroir, un habile système d'amortisseur atténuait le claquement et le transformait en un son doux qui sentait l'ordre. Il aimait le carrelage des murs et celui du sol. Il avait tout choisi et presque tout réalisé lui-même ; il avait tout payé. C'était la cuisine qui était le plus près possible de la perfection de la cuisine dans l'esprit de Jean.

Lorsqu'ils étaient venus s'installer ici avec Baya, Jean avait décidé tout de suite qu'il referait la cuisine, laquelle était, il faut le dire, en piètre état. Il avait passé du temps pour cela et lorsque tout fut prêt, il s'en félicita, parce qu'il lui semblait que le moindre repas préparé ici serait plus raffiné que n'importe où ailleurs. Il avait un genre de conviction selon laquelle l'espace dans lequel on évolue influence le comportement, mais aussi la beauté, la bonté, l'intelligence.

Baya aimait beaucoup la cuisine aussi. Elle racontait volontiers, et même avec une certaine fierté, les efforts que Jean y avait consentis. Et lorsque la relation et le moment s'y prêtaient, elle ajoutait, sur le ton de la confidence et avec un certain attendrissement, que pour son époux c'était aussi un genre de revanche sur la vie, lui qui avait grandi ballotté d'un appartement miteux à un autre, d'un logement d'urgence à un autre, sans le début de la queue d'une cuisine aménagée et parfois seulement un réchaud et une poêle. Jean ne savait pas qu'elle évoquait ces éléments biographiques, qu'elle romançait d'ailleurs un peu. Il n'avait jamais passé que trois ou quatre ans sans vrai domicile, à moitié nomade, pas tout à fait à la rue non plus.

Comme le café glougloutait encore, il sortit s'étirer une seconde fois sur le perron et lui revint en mémoire le rêve qu'il avait fait durant la nuit. Il avait rêvé de cette fille qu'il avait passionnément traquée pendant presque un an, au temps de sa jeunesse. Une fille avec laquelle il avait eu une brève relation, qui s'était détournée de lui à cause de ses activités délictueuses, et dont il s'était obsédé au point de venir plusieurs fois à pied, la nuit ou à l'aube, jusque devant chez elle, de guetter la porte, d'attendre des heures tapi dans la pénombre ; et à chaque fois d'un coup il repartait brusquement, honteux, effrayé de son propre comportement. Finalement, elle ne s'en était, pensait-il, jamais rendu compte.

À l'époque, Jean était un sauvage. Il faisait des mauvais coups avec d'autres types louches, vivait de rapines qui parfois étaient des magots, se battait devant des bars crades, changeait d'adresse en permanence à travers toute l'agglomération parisienne. C'était cette fille qui, paradoxalement et à l'insu de son plein gré, avait déclenché en lui l'envie de devenir quelqu'un d'autre. L'intensité incompréhensible qui le poussait à arpenter les rues baignées de nuit électrique jusqu'à la sienne, à parcourir des kilomètres avec au ventre un nœud qui ne se défaisait qu'à l'épuisement complet, l'avait terrifié plus que tout le reste de sa vie. Est-ce qu'il devenait fou ? Il était parti dans une autre ville (s'était enfui), avait trouvé du travail honnête (s'était calmé), avait rencontré Baya, une fille très bien, très sage (s'était posé). Et il avait fait sa vie. D'une certaine façon, cette étrange passion l'avait sauvé.

À présent il avait une maison qu'il appelait une villa, une compagnie privée de sécurité protégeait sa propriété contre toute errance et toute intrusion, sa cuisine suffisait à transformer l'acte alimentaire le plus cru en fleuron de la civilisation humaine, et le ciel était bleu sur sa colline.

Il se frotta le visage et rentra se servir une tasse de café. C'était rare qu'il rêve, et plus encore qu'il rêve d'elle. Dans son rêve, elle dansait lentement, les yeux fermés, et une autre femme la tenait par le cou ; puis Jean s'approchait et elle ouvrait les yeux, qui étaient phosphorescents. C'était tout ce dont il se souvenait. Pas grand intérêt. Il sortit, la tasse à la main, faire un tour du jardin ; et sans avoir l'air d'y réfléchir se dirigea là où la veille, la femme s'était arrêtée pour scruter la baie.

3

Baya contempla les murs blancs baignés d'ombre de la chambre à coucher. Les rayons du soleil ne les atteignaient pas encore, bien qu'on fût presque au solstice, mais il faisait grand jour : il devait être sept heures. Elle s'étira, un peu paresseuse encore. Elle se rappela l'amour juste avant de s'endormir, très doucement, presque retenu. Ils se connaissaient bien, jouissaient avec certitude depuis un bon moment déjà. En entendant la première cigale, elle décida qu'il était l'heure de sortir du lit. Elle se dressa sur son séant en nuisette, attrapa sa robe de chambre posée sur le dossier d'une chaise et se passa la main dans les cheveux en tentant de les discipliner. Elle avait toujours les cheveux en pétard au réveil, alors que Jean assurait qu'elle ne bougeait pas dans son sommeil : ce mystère capillaire les avait fait rire plus d'une fois.

Baya avait aimé Jean parce qu'ensemble, ils se marraient comme des baleines. Elle était encore étudiante lorsqu'ils s'étaient rencontrés à une fête à Lyon, sa ville natale. Elle trouvait la vie un peu ennuyeuse, même si elle tirait une satisfaction certaine de son propre sérieux, de son propre calme. Elle se peignait les cheveux longuement le matin, allait suivre ses cours de droit, révisait ses examens, s'apitoyait sur les malheurs de ses amies plus délurées qu'elle, et qui avaient souvent l'occasion de s'en mordre les doigts. Pourquoi Jean lui avait-il donné à ce point l'envie de rire ? Elle ne le savait pas ; et c'était cela qui l'avait touchée.

Par la suite, elle s'était rendu compte avec une certaine stupeur que c'était un garçon extrêmement sincère, qualité qu'elle n'avait pas eu souvent l'occasion de rencontrer dans sa vie ; peut-être parce que la sincérité ne s'acquiert que dans les tempêtes, et que la vie de Baya avait été presque entièrement préservée de tout soubresaut. Par-dessus le marché, elle avait hérité des mœurs de la petite bourgeoisie : elle baignait, dans ses rapports familiaux ou amicaux, dans une légère et permanente hypocrisie dont elle ne s'était jamais avisée, qu'elle avait cru être de la politesse, et qui peut-être, contribuait à ce vague ennui, ténue poussière dont étaient recouvertes les choses. Jean n'avait pas ces manières ; en vérité, il n'avait pas beaucoup de manières. Il ne courtisait pas comme il semblait à Baya qu'on devait courtiser : aucun mystère, aucun secret, aucun double sens. Quand Jean avait envie de la voir, il disait « j'ai envie de te voir » ; quand il était tombé amoureux d'elle, il avait dit « je suis en train de tomber amoureux de toi », et ainsi de suite jusqu'à ce qu'ils se marient. Au départ cette franchise brute lui fichait la frousse. Cela lui semblait inconvenant, voire étrangement dangereux. Mais comme ils riaient de plus belle, et qu'ils faisaient l'amour dans une confiance qu'elle n'avait connue nulle part ailleurs, elle finit par s'y habituer. Et donc, ils se marièrent.

Dans la cuisine, elle se servit du café et attrapa le paquet de biscuits. Un biscuit dans une main, sa tasse dans l'autre, elle sortit sur le perron et chercha son mari du regard. Elle fut surprise de le voir debout, immobile, au bord de la terrasse, dans la même position que cette drôle de voisine qu'ils avaient invitée la veille : ce coin ne faisait pas partie du parcours habituel de Jean. Elle descendit les trois marches après avoir croqué le gâteau, marcha jusqu'à lui et lui posa un baiser sur l'épaule.

– Regarde, dit-il.

En contrebas, la terrasse du verger était comme labourée, et les troncs des abricotiers étaient lacérés par endroits. À droite, le pourtour de la piscine était fouillé de trous dans la terre soigneusement arrosée. On aurait dit qu'un régiment était passé là.

– Tu les as entendus ? demanda-t-elle.

– Non. Rien. Pourtant ils ont dû faire un sacré foin.

Le couple humain resta un moment silencieux, inspectant les terrasses en contrebas.

– Le mur est complètement éboulé, dit Baya en montrant de l'index un point de la restanque audessous d'eux. Jean eut un sifflement entre ses dents. Les lourdes pierres avaient roulé dans les herbes folles du verger, et le muret s'ouvrait en une brèche irrégulière où la terre sèche glissait.

– Ils ont dû passer littéralement devant notre porte, s'ils sont descendus par là. C'est fou qu'on n'ait rien capté.

Baya se serra contre son époux.

– Tu veux que je m'occupe d'aller le signaler à la mairie ? demanda-t-elle. Il faut faire constater tout ça.

– Oui, ça vaudrait mieux. Si tu as le temps aujourd'hui…

– Tu rentres tard ?

– Normalement non, sauf s'il y a des bouchons. Je vais y aller, d'ailleurs.

Et Jean posa un baiser sur la joue de Baya, puis se dirigea vers la maison pour se laver, raser, vêtir et parfumer.

4

Baya entendit le bruit du moteur décroître dans les lacets de la petite route qui descendait la colline. Assise sur le petit banc sous le mûrier, sa tasse de café vide posée près d'elle, elle s'étira et bâilla longuement. Elle regarda dans le lointain, le vaste tableau matinal de la baie, dont les couleurs à cette heure étaient plus intenses, plus franches, comme ravivées par la nuit. Mais son regard s'accrochait malgré elle aux écorchures sur les abricotiers, écorchures qui lui semblaient mal dessinées, pas nettes. Quitte à arracher l'écorce ils auraient pu faire les choses proprement, pensait-elle vaguement. Elle essaya de se représenter la dent, ou la corne, par laquelle ces blessures avaient été infligées aux troncs, et se rendit compte qu'en dépit de la fréquence à laquelle revenait le sujet dans les conversations locales, elle n'avait qu'une idée très vague de ce à quoi ressemblaient les sangliers. Elle imaginait tout de suite

Pumba, dans le dessin animé de Disney qu'elle avait vu et revu au cours de longues soirées à Saint Ives, dans les Cornouailles, où elle avait été jeune fille au pair de deux petits garçons antipathiques pendant six mois, l'année d'après son bac. *Le Roi Lion* faisait presque partie de ses souvenirs les plus palpitants ; heureusement, comme elle était très ignorante alors de l'existence, elle ne s'était rendu qu'à moitié compte qu'elle s'ennuyait ferme. Les autres souvenirs marquants étaient quelques soirées d'hiver où trois étudiants français un peu zinzins, venus en vacances, avaient entrepris de retourner la petite station balnéaire. Le garçon s'était battu avec le tenancier du pub après lui avoir roulé une pelle, l'une des filles avait vomi ses scones sur le trottoir et l'autre s'était mise à vitupérer sur la promenade du front de mer, au milieu de la nuit. Baya les avait tout de suite cordialement détestés, ce qui avait le mérite de faire ressentir quelque chose à l'étudiante sans histoires qu'elle était alors.

Les séquelles laissées à son jardin par les bêtes invisibles suscitaient en elle quelque chose d'apparenté, quoique bien plus ténu. Il faudrait faire venir Rowry, le jardinier qui s'occupait des travaux d'extérieur, pour remettre d'aplomb le parterre autour de la piscine. Là, c'était un coup à prendre un bain de boue en sortant de l'eau. Un bain de boue. Peut-être qu'ils s'étaient baignés dans sa piscine, cette nuit. Est-ce que ça se baignait ? Parasites ? Contagion ?

Elle retourna à la cuisine, se resservit un café puis prit sur la table la carte de l'agent de sécurité qui était passé la veille. Elle composa le numéro et attendit qu'il décrochât. La voix jeune, avec un accent ligure prononcé, lui répondit. Baya rappela qui elle était, son adresse ; le jeune homme se souvenait très bien d'elle, affirma-t-il. Elle demanda si la compagnie pouvait intervenir contre des nuisibles non humains – elle s'étonna elle-même de cette formulation, mais c'était ce qui lui était venu en premier – des sangliers, quoi, et l'agent de sécurité regretta, mais non, on n'était pas habilité. D'ailleurs on n'intervenait que sur les zones habitées, pas sur les garrigues. Désolé, vraiment, madame. Merci quand même. Bon courage.

Baya se leva et se rendit à la salle de bains. Elle se lava méticuleusement, se coiffa jusqu'à ce que ses cheveux reprennent une forme civilisée. Ensuite elle choisit une robe qui irait avec des baskets. La mairie ouvrait une heure plus tard et elle avait résolu de s'y rendre à pied, ce qui avait l'avantage de transformer en promenade la relative corvée que cela représentait. Elle mit seulement un bracelet, car on était le matin et au mois de juin ; elle savait que l'élégance ligure, en été, réservait les bijoux au soir.

Aux premiers temps de leur installation sur la colline, Baya avait été un peu désemparée niveau style et codes. Enfant de la ville et des longs hivers, elle était habituée à des tenues riches, qui signifiaient énormément de choses différentes à énormément de gens différents. Or ici sur la colline, il était rare de croiser deux piétons dans le même trajet : tout le monde se déplaçait en voiture. À la mairie, située dans le centre-bourg à trois kilomètres de là, à l'orée de la plaine côtière, ne travaillaient que deux secrétaires quinquagénaires. Même si elle s'arrêtait au café, elle ne verrait que les quelques habitués et retraités du village à qui elle n'avait rien à signifier de plus que d'habitude. Au départ, elle n'avait pas su comment sortir du problème. Fallait-il s'habiller simplement pour ne pas être nue ? Fallait-il y mettre le même soin qu'auparavant en ville, et accepter que cela fût en pure perte ? Puis elle se rendit compte que les codes ligures étaient simplement tout autres, qu'on s'habillait en fonction de l'activité qui dominait la journée avant de se changer pour la soirée. C'est pourquoi une robe courte et des baskets correspondaient parfaitement à ce qu'elle avait à faire : marcher jusqu'au village, y régler des affaires domestiques. Le reste, le marquage social, c'était la qualité des vêtements qui s'en chargeait. Et comme, entre la boîte de Jean et les missions de conseil juridique sur les litiges immobiliers, qu'elle se gardait entre Lyon et la côte, ils vivaient à leur aise, elle n'avait aucun souci à se faire là-dessus. Tout était clair, tout était à sa place, les codes fonctionnaient. Ça lui plaisait comme ça.

Elle se pencha vers la psyché et appliqua précautionneusement le rouge à lèvres, ouvrant d'abord la bouche en O avant de la refermer pour étaler le fard.

– Putain de sales bêtes, dit-elle à son reflet quand elle eut fini.

5

Jean s'était lancé dans tout ce qui est clim en arrivant dans la région. Au départ, il s'était associé avec une connaissance de Benoît, l'ami qui habitait le coin. Après un peu plus d'un an, il avait racheté les parts et récupéré l'affaire. Et il avait habilement mené sa barque : l'entreprise était florissante. Il faut dire que c'était un secteur porteur puisqu'il faisait chaque année plus chaud que l'année précédente, et que les gens, s'habituant aux espaces climatisés, supportaient de moins en moins d'en sortir : les nouveaux marchés tombaient sur les entreprises spécialisées comme celle de Jean tels des fruits trop mûrs.

La sienne, Ligure Clim, avait concentré sa stratégie sur les espaces commerciaux. Jean n'avait pas envie du tout d'aller changer le filtre de climatiseurs à trois-cents balles chez des particuliers qui le prendraient pour un domestique ; il n'était pas un gagne-petit. Ses clients, gros propriétaires de boutiques en centre-ville ou représentants de fonds d'immobilier commercial internationaux, ne pinaillaient pas sur la qualité, du moins pas trop. Lorsqu'il remportait un contrat, la boîte roulait pour plusieurs semaines. Surtout, les galeries commerçantes, qui à chaque bretelle autoroutière émergeaient de la terre aride des champs abandonnés comme des champignons postapocalyptiques, étaient absolument captives : les hangars en tôle où elles se déployaient, les verrières clinquantes dont elles paraient leur entrée publique, étaient de véritables fours ; et il aurait été impossible pour elles d'assumer ne serait-ce qu'une heure de dysfonctionnement de l'air conditionné. En cas de panne, la température intérieure pouvait rapidement monter au-delà de cinquante degrés, leur rappelait Jean discrètement lorsque la négociation s'enlisait. Or à cinquante degrés, les personnes de plus de soixante ans et les enfants sont en danger de mort. Bref, l'affaire tournait bien.

Jean parcourait donc les zones commerciales de la région dans son SUV dont il n'allumait la clim qu'en dernière extrémité. Il avait en location professionnelle un SUV de marque allemande parce qu'il savait très bien que c'était ce que ses clients attendaient de lui pour lui accorder confiance, mais il trouvait ces véhicules franchement dégueulasses ; car, l'humain se distinguant du reste de l'ordre mammifère par le paradoxe et la contradiction interne, Jean était très sensible à l'écologie. Il trouvait l'idée même de clim parfaitement dégénérée. Il méprisait les gens qui s'en équipaient, individus ignares et paresseux qui creusaient leur tombe en même temps que celle de la planète. La clim pousse à la sédentarité ; elle est responsable de l'augmentation de l'obésité et des maladies afférentes ; elle dérègle la température du corps et rend ainsi la réflexion comme l'action plus difficiles à l'humain, qui a déjà suffisamment d'obstacles à franchir pour le moindre geste intelligent. En outre, l'air conditionné peut être jusqu'à trois fois plus pollué que l'air ambiant, en particulier à proximité des routes. Cela évidemment, Jean ne le disait pas à ses clients. Il se contentait de nourrir un secret dédain à l'endroit de ses contemporains, et de se féliciter de sa maison, construite deux siècles plus tôt selon les savoir-faire vernaculaires, dont les murs épais et les ouvertures bien orientées garantissaient une inertie thermique maximale. C'était Baya qui avait insisté, à l'époque de leur installation, pour qu'ils cherchassent dans le « parc ancien » ; lui, au début, en avait été un peu surpris ; mais très vite il avait perçu à quel point l'ancien donnait du cachet, à quel point Baya, optant pour de vieux murs, les distinguait du commun des nouveaux riches installés dans les quatre-façades crépies ocre qui fleurissaient partout, plus près du bord de mer. Leur maison, située plus en hauteur, était préservée de la chaleur par le vent des crêtes, et se trouvait en outre sur des terres bien plus fertiles. À l'époque de sa construction, pensait Jean, personne n'aurait eu l'idée saugrenue d'aller se coller en bord de mer, où le soleil cogne et où le sel corrode. Cela le faisait rêver à la sagesse des anciens, qu'il imaginait demeurés au plus près de la nature sauvage.

Quant à sa voiture personnelle, avec Baya ils avaient opté pour une Saab 900 des années 1990. Ça c'était de l'auto. Peu d'électronique, pas de navigation embarquée (un beau mot pour parler de pistage, selon lui), mais une mécanique précise comme un piano. Ils la prenaient parfois pour aller se perdre à toute bringue dans les montagnes au nord, le dimanche matin. Baya conduisait comme un pilote de course ou comme une suicidaire, il n'aurait pas su dire. Elle aimait le grondement des passages de rapports, le cliquetis des pièces lorsque la voiture avait chaud, l'odeur des sièges en cuir. Le moteur rugissait dans les virages qu'elle prenait le plus serré possible. Elle ne ralentissait qu'en dernière extrémité. Elle bombardait avec un sang-froid qui frisait l'inconscience, et Jean adorait le mélange de terreur et d'abandon que cela provoquait chez lui. Ensuite ils verrouillaient la voiture et partaient marcher au gré des sentiers, sur les hauts plateaux seulement peuplés de renards, de mulots et de quelques troupeaux de moutons.

Sur les quelques kilomètres d'autoroute qui menaient à Liguria, l'autoradio diffusa les brèves d'actualité du jour. Rien que d'habituel : un temps chaud et sec. Un naufrage. Une catastrophe industrielle. Des violences contre des civils. Une petite phrase qui faisait grincer des dents. L'autoroute devint rocade ; des tunnels alternaient avec des sorties ; on voyait par intermittence des barres d'immeubles et de loin en loin la mer entre des zones d'activité. Les encombrements étaient exactement les mêmes que chaque jour. Jean prit l'échangeur ouest, passa la cité du Sablier et sortit vers la ZAC suivante. Le centre commercial Sud Soleil brillait dans la lumière, parmi ses hectares de parking. Tout était en somme comme à l'accoutumée. Alors pourquoi Jean avait-il cette impression étrange d'attendre quelque chose sur le point de se produire ?

6

Pour revenir du centre-bourg, Baya coupa par les vignes. Jean avait depuis longtemps débusqué tous les chemins vicinaux ; la promenade était plus jolie par là, et on gagnait près d'un kilomètre par rapport à la grand-route. Comme d'habitude, il n'y avait personne, hormis quelques ménagères devant l'entrée des grappes de maisons que formaient les anciens hameaux destinés aux ouvriers agricoles, habités désormais par des gens plutôt modestes et des Gitans sédentarisés, de loin en loin dans les vignes. La présence des vignes maintenait les terres non bâties et empêchait leur vente en lots comme ailleurs dans la baie : le vin restait plus rentable que les terrains à construire sur lesquels se ruaient les classes moyennes. C'était du moins ce qu'expliquait Jean, avec sa passion pour tout ce qui concernait la colline et le coin.

Baya ne partageait pas cette passion. L'organisation des humains et des lieux ne lui importait que dans l'immédiat présent ; et ce qui comptait pour elle par-dessus tout, c'était que cette organisation soit efficace. Elle aimait que le monde soit fluide, que des solutions existent aux problèmes qui se manifestaient : elle aimait le droit pour cette raison, parce qu'il prévoyait les problèmes comme des éléments du plan général. Tout litige avait son règlement, et tous les points du règlement concouraient à un monde plus fluide. Même le Code de la route était un trésor d'efficacité, pensé pour que tous les mouvements de milliards d'explosions, de combustions, s'ordonnent pacifiquement. Telle était la théorie. Et ce qui l'agaçait était que les humains n'étaient généralement pas à la hauteur de la théorie. Les humains merdoyaient.

L'entretien à la mairie n'avait pas donné grand-chose. Les deux secrétaires administratives, la blonde décolorée et la brune teinte en noir de jais, l'avaient regardée entrer avec ces yeux ronds et fixes qui, dans la région, signifient une certaine hostilité passive entre femmes qui se connaissent sans se connaître et ne sont pas du même milieu ; même après dix ans passés sur la colline, Baya faisait partie des étrangers, elle le savait. D'une part en raison de leur origine extrarégionale, à Jean et elle-même, renforcée par son apparence à elle, signée de l'autre rive méditerranéenne, d'autre part parce qu'ils avaient de l'argent qu'ils ne tiraient ni de la vigne, ni des terres. Baya savait bien qu'ils auraient définitivement l'image de parvenus, et d'ailleurs elle-même était parfois un peu embêtée que son époux soit dans la clim, pour ainsi dire les mains dans le cambouis. Mais au fond, c'était aussi cela qui lui avait plu, que Jean montât des combines, qu'il n'eût aucun scrupule vis-à-vis d'aucune entreprise. Elle avait trouvé que ça faisait « vrai homme », davantage que tous ces blancs-becs de la faculté de droit de Lyon. Lui était étranger, arrivé sans famille, sans amis ; et la petite-bourgeoise blasée qu'elle était avait aimé son absence de marquage social comme un frisson subversif. Tant pis s'ils ne seraient jamais vraiment d'ici, pour les gens d'ici ; tant pis si les deux secrétaires de la mairie la dévisageaient encore avec cette hostilité latente mélangée de jalousie et de mépris pour l'étrangère.

Comme Baya avait pris le ton légèrement arrogant qui signifiait bien qu'elle avait parfaitement reçu le message d'une part et que d'autre part elle n'en avait strictement rien à faire, elles s'étaient disposées à l'écouter. La brune avait dit qu'on connaissait bien le problème ; la blonde avait redemandé de quelle colline on parlait, même si elle l'avait déjà compris. Là, Baya avait opté pour le ton de la confidence, comme si elles étaient amies de longue date ; les deux femmes avaient suivi, le tempo était bon, on avait désarmé. Ces sales bêtes, chez la belle-sœur de la brune, avaient retourné le stade. La blonde ajouta, tournée vers sa collègue, qu'on comptait trois collisions graves en deux mois sur la route du col, et elle leva trois doigts aux ongles décorés comme des sapins de noël, pour marquer le coup. On se plaignit ainsi pendant encore quelques minutes et on termina avec force serments que tout ça ne durerait pas, que l'équipe municipale allait y mettre bon ordre, Monsieur le maire lui-même étant sur le coup. Ça tombait bien, le prochain conseil municipal était la semaine suivante : si Baya arrivait à réunir assez de monde, il était possible de mettre le sujet à l'ordre du jour. Ou mieux, elle n'avait qu'à venir elle-même. Bref, d'ici là, on ne bougerait pas une mèche de brushing ni un doigt manucuré pour faire avancer le dossier.

– Super, avait dit Baya en partant.

Elle entama la montée sinueuse qui menait à leur colline : une route étroite aux virages en coudes, où deux voitures ne pouvaient se croiser. Ils habitaient presque tout en haut ; dans la pente, elle longea une alternance de vergers, de petites fermes et de résidences de tourisme un peu luxueuses, si on en croyait le nombre de quatre-quatre noirs aux vitres fumées qui s'y succédaient chaque été. Elle passa ensuite, en contrebas de chez eux, devant la cage des chiens des Moutte, une famille de fermiers présents depuis des générations. Une rue non loin de la mairie, au bourg, portait d'ailleurs leur nom. Les Moutte étaient, pour Baya, des gens d'une autre espèce que la sienne, des genre de demi-sauvages envers lesquels elle ne pouvait se départir d'une certaine déférence, ne serait-ce que parce qu'ils étaient vraiment d'ici.

Ils effrayaient et rassuraient tout le monde sur la colline : le père Moutte avait fait de la prison pour avoir descendu un intrus à la carabine de chasse. Il avait plaidé la légitime défense et était ressorti après trois ans. Le fils Moutte, un quadragénaire qui devait peser près de cent cinquante kilos, ne se déplaçait dans la colline que sur un quad poussiéreux ; parfois cependant, au crépuscule, on le voyait sortir d'un coin de leur terrain un petit cabriolet Peugeot jaune et on devinait qu'il descendait sur la côte. Jean et Baya rigolaient en imaginant ses conquêtes amoureuses sur le front de mer. Pour une raison obscure, il était bienveillant avec eux : ils soupçonnaient, quand ils le croisaient, qu'il était tout près de sourire, et cela leur faisait étrangement plaisir. Quant à la mère Moutte, une toute petite bonne femme sèche comme une brindille, on ne la voyait jamais, mais on l'entendait parfois gueuler sur les chiens enfermés dans la cage. Ils se tinrent presque complètement tranquilles au passage de Baya, ce qui lui donna l'impression réconfortante d'être vraiment dans sa colline. Pour la première fois depuis son réveil, elle sentit un peu de joie. Elle décida de faire un détour par la falaise.

7

Sud Soleil venait tout juste d'ouvrir ses portes et le parking était quasiment vide, sauf près de l'entrée de l'hypermarché qui ouvrait une heure plus tôt et avait déjà accueilli ses premières ménagères. Jean gara le SUV d'une main sur la place E40, près de la nouvelle verrière de l'accès principal, qui avait été achevée quelques mois auparavant. Une audacieuse demi-rosace soutenait une voûte translucide de plein-cintre ; en capitales blanches et légères, les lettres de Sud Soleil coiffaient les larges portes automatiques qui s'écartèrent sans bruit sur son passage.

Il entra, adressant un signe de tête à l'agent de sécurité qui venait de prendre ses fonctions, brassard orange, oreillette et chemise cintrée. Il était incapable de passer devant un agent de sécurité sans lui adresser un signe de tête, même s'il trouvait cela absurde et, d'une certaine façon, suspect. D'ailleurs généralement, celui-ci lui rendait un regard un peu interloqué. Peut-être que les codes sociaux de son rang impliquaient d'ignorer ce personnel ; il n'en savait rien, et dans le doute il préférait se montrer poli. Il s'était senti légèrement humilié, la veille, non tant du contrôle d'identité auquel l'avait soumis ce presque enfant de la compagnie de surveillance privée, mais d'avoir eu, pourquoi le cacher, un moment de peur nette que quelque chose dans ses papiers ne soit pas conforme. C'était Baya qui avait souscrit à ce dispositif, après des conversations de voisinage. Jean s'en félicitait, ne serait-ce que parce qu'il trouvait ça chic, mais il n'aimait pas ça. Pas du tout. Milices, flics et consorts : une haine ancienne les réunissait dans son cœur, haine d'autant plus tenace qu'elle impliquait de leur reconnaître une force sur lui. Même si, somme toute, il s'en était bien tiré dans sa vie, n'ayant jamais passé plus longtemps au trou que quelques heures de garde à vue, et même s'il vivait une vie pratiquement vierge de tout délit depuis maintenant plus de dix ans (hormis quelques peccadilles, achat ponctuel de drogue, non-déclaration de gains professionnels mineurs, comme tout le monde quoi), il avait malgré tout l'impression, devant les uniformes, les forces de l'ordre et les agents de surveillance, d'être un perpétuel gibier de potence – il lui fallait esquiver quelque chose.

Les vastes allées étaient vides et rutilantes, lustrées pendant la nuit par un secret ballet de cireuses mécaniques. De larges palmiers et oliviers ponctuaient la perspective de l'artère principale, éclairée depuis le toit par une autre verrière, à la structure futuriste, courant sur le demi-kilomètre de sa longueur. Construit au début des années 1980 sur des terres marécageuses correspondant au lit d'un petit fleuve côtier, Sud Soleil avait subi une importante rénovation achevée trois ans auparavant. L'architecte hollandais qui avait redessiné les espaces intérieurs semblait s'être inspiré en même temps des aéroports et des villages provençaux, dans une synthèse à la fois osée et pathétique de rampes courbes et fuselées, de parterres de tomette et de bancs en bois exotique, d'ascenseurs transparents et de fontaines en pierre. Comme on n'était pas en Provence, c'était un peu décalé ; mais personne au fond ne s'en formalisait puisque de toute façon ça ne ressemblait pas vraiment à un village. Ça ne ressemblait d'ailleurs pas non plus à un aéroport dans la mesure où il n'y avait ni avions ni voyageurs. Mais bon, le message voulu par ce mélange de styles, tradition et modernité, devait avoir séduit la Ségépoule, la firme qui possédait Sud Soleil.

C'était justement avec la Ségépoule que Jean avait rendez-vous. Ilham Bourouissa, la directrice du site, l'attendait au niveau de la crêperie installée dans une fausse roulotte, reconstituée dans l'atrium formé par le croisement des deux rues intérieures, sous un olivier plus grand que les autres. Elle lui serra la main avec un sourire gentil. Jean aimait bien Mme Bourouissa, qui était très concernée par ce qu'elle faisait et toujours aimable. Elle lui offrit un café, se rappela qu'il ne le sucrait pas, bref elle le mit à l'aise. Ensuite ils marchèrent vers l'accès des bureaux, une porte rouge qu'elle ouvrit avec son badge, entre les vitrines d'un marchand de baskets et d'une enseigne de prêt-à-porter pour adolescentes.

L'ambiance changeait du tout au tout dans la partie administrative. Les murs nus étaient baignés par des néons jusqu'à un escalier de béton ; au premier étage, un espace détente composé de deux guéridons, un distributeur d'eau, un canapé en skaï et de la moquette desservait deux couloirs, où étaient répartis les bureaux, dont les cloisons vitrées laissaient voir les postes de travail entre des stores métalliques gardés ouverts. Le bureau de Mme Bourouissa était tout au bout d'un des deux couloirs, et avait le privilège, correspondant à sa fonction, d'avoir des cloisons pleines et surtout une relativement grande fenêtre donnant sur les parkings et l'échangeur. Au loin, on voyait les collines et les premières montagnes. Les vues côté mer étaient réservées aux espaces marchands, l'architecte ayant tenu à rappeler aux chalands que Sud Soleil s'ouvrait directement sur la Méditerranée, à trois ou quatre hectares de zone près. Ilham Bourouissa alluma le climatiseur d'appoint et on attendit un moment Jean-Pierre Toul, le responsable réseaux, qui arriva avec un sac de sport et une chemisette à carreaux en s'excusant de son léger retard.

On avait des problèmes, commença Ilham Bourouissa sans se départir de son gentil sourire. On avait des problèmes parce que la pompe thermique souffrait de l'instabilité du sol, qui restait un lit de rivière, une zone marécageuse. Ça, c'était un premier problème : le mécanisme se noyait dès qu'il y avait un orage. Jean dit tout de suite que bon, de nos jours on ne ferait plus une telle erreur, de construire un mall sur une zone humide, sans même parler de l'écosystème on savait bien que les zones inondables restaient instables, quelle que fût la quantité de béton et de graviers qu'on y versât. Jean-Pierre Toul hochait la tête. Jean voulait bien marquer que lui, il n'était pas magicien, conclut-il avec un demi-sourire.

– C'est sûr, c'est sûr, reprit Mme Bourouissa. Personne ne fera de magie, mais ce que la Ségépoule voudrait c'est que vous réfléchissiez à une solution qui permette de maintenir la pompe thermique à flot, enfin si l'on peut dire, plutôt hors d'eau. Jean-Pierre vous montrera tout à l'heure. Le second problème, c'est qu'on est clairement sous-équipés au niveau de l'atrium où on était tout à l'heure.

Le soleil donne dedans à partir de dix heures du matin et alors je ne vous dis pas, à dix-sept heures le marchand de crêpes pourrait presque se passer d'allumer ses plaques tellement on cuit là-dedans. Il faut trouver à refroidir cet endroit-là. C'est censé être le cœur de Sud Soleil et personne ne tient plus entre mai et octobre.

On eut quelques phrases bien senties, quoique peu explicites, sur les lubies des architectes. Mais Ilham Bourouissa, onctueuse, ne voulait pas rentrer dans ce jeu-là. D'abord, l'atrium était un endroit qu'elle trouvait très réussi, très beau. Ensuite, ce n'était pas la faute des architectes si les normes étaient pensées pour les incendies mais pas pour les canicules. Il fallait se poser les bonnes questions. Elle sortit un dossier avec les plans des colonnes d'air et d'eau concernées. Jean les contempla d'un œil expert. Le problème était simple : on avait affaire à une serre, c'était très exactement une serre : tant qu'on ne ferait pas d'ombre sur la verrière, on aurait trop chaud.

– Moi je n'ai pas intérêt à vous dire ça, souligna-t-il en reposant les plans devant lui. Je pourrais vous dire que je vais régler le problème en mettant des accès VMC et AC dans tous les coins, et je pourrais le faire, vous présenter un devis pour trois cents points source, ce serait très cher, très rentable pour moi, absolument pas efficace, sans parler de la dépense énergétique. Mais j'y gagnerais énormément parce qu'en plus vous auriez de la maintenance toutes les semaines : les résistances grilleraient direct.

Jean-Pierre Toul hochait la tête.

– Mais voilà, ce n'est pas comme ça que je conçois mon travail, ajouta Jean d'un air modeste. Donc je vous dis : je veux bien prendre ce chantier en charge, je veux bien *improve* vos équipements, mais il faut passer par un système d'ombre naturelle sur la verrière elle-même, sans quoi ça ne servira à rien du tout.

– J'entends, j'entends, dit Ilham Bourouissa. Vous savez que nous apprécions de travailler avec vous. La question qui se pose est de savoir si votre entreprise est compétente, dans ce cas précis, pour ce montage particulier.

– Nous avons déjà travaillé sur l'ombre naturelle, puisque quelque part, c'est notre modèle, quand on s'occupe de fraîcheur. Je peux vous envoyer les références. Mais surtout, il faut que je réfléchisse au meilleur équilibrage possible. On parle d'efficacité avant tout.

– Eh oui, c'est tout de même un crève-cœur de penser que ce qui est conçu comme l'espace commun numéro un de Sud Soleil, la place centrale de notre petite ville, d'une certaine façon, est hostile ! dit

Mme Bourouissa en levant les mains de chaque côté de ses épaules.

Jean-Pierre Toul hocha vigoureusement la tête.

On convint d'un prédevis que Jean viendrait leur présenter sous huit jours, parce qu'on était déjà début juin, qu'en plus avec les ponts, et qu'il y avait urgence.

– Je vous laisse suivre Jean-Pierre, il vous donnera tout ce dont vous aurez besoin d'un point de vue technique, conclut Mme Bourouissa. Son téléphone se mettait à sonner mais elle prit quand même le temps de les raccompagner jusqu'au couloir, à deux mètres de son bureau. Elle était très polie, Jean appréciait cela.

Les premiers flâneurs, surtout des jeunes gens faisant l'école buissonnière ou apprenant déjà l'infini loisir du chômage, étaient arrivés. Cheveux lissés, casquettes neuves. Des allées en balcons du premier étage, on les voyait gravir lentement les vastes dalles cirées entre les boutiques, tandis qu'un fond musical couvrait le léger brouhaha ambiant. Les vendeuses se glissaient dans les vitrines pour corriger la tenue d'un mannequin ou décalquer de grandes lettres chatoyantes sur les parois de verre. Tout était propre, tout était neuf, et les chalands eux-mêmes, marchant d'un pas régulier, semblaient des répliques animées des figures de plastique immobiles. Sur le lit invisible du torrent terrassé, le capital, les marchandises et les consommateurs dansaient leur ballet millimétré.

Dans l'atrium, il commençait à faire vraiment très chaud.

8

Baya sentait la sueur ruisseler de ses aisselles le long de ses côtes, sous la robe. Ayant laissé la route goudronnée derrière elle, elle s'était engagée sur l'étroit chemin qui suivait la crête de la falaise, entre les buissons de houx que la commune faisait raser au début de chaque été, pour prévenir les feux de forêt. La falaise fermait leur colline en s'élançant, perpendiculaire au coteau, vers la mer ; du côté de chez eux, elle se présentait comme une falaise, roche à nu ; de l'autre, elle descendait en une garrigue à pic, inculte de tout temps.

Lorsqu'on longeait la crête, on aboutissait à un promontoire qui dominait les deux vallées à la fois, la plaine côtière en contrebas, et le regard plongeait par-delà une dernière colline très verte, jusqu'à la mer. En général, on n'y croisait personne.

La plus grande partie du chemin de crête était relativement à l'ombre, grâce à de grands pins tordus qui s'élevaient audacieusement de la pierre. Baya contournait les buissons, les troncs, elle enjambait des rochers et descendait en dérapant des pierres obliques, retrouvait le chemin serpentant entre les houx repoussés. Enfin elle arriva au promontoire, et l'air du large sécha instantanément sa peau.

La mer irradiait de lumière. L'horizon s'étendait. On n'entendait que le vent.

Quand ils venaient ensemble avec Jean, ils se plongeaient dans l'observation du paysage en contrebas. La voie de chemin de fer avec son viaduc et son tunnel, où passaient des trains de marchandises et des TER. Le golf, sur une autre colline. Les deux domaines viticoles, dont le très bel amphithéâtre de vigne, qui organisait des apéritifs chics en début d'été où Jean et Baya allaient parfois pour flamber un peu. Ces observations leur procuraient un discret contentement qui les rendait joyeux, blagueurs.

Quand Baya était seule, ce contentement se traduisait par une immense et très floue gratitude envers la création, les astres, la terre et la mer, les bêtes qui rampent, marchent et volent, les fleuves et les jardins, l'homme et la femme avec leur puissante raison et leurs astuces techniques qui, de cette zone anciennement sauvage, avaient fait, au cours des siècles, un joyau de civilisation. La Ligurie, patrie de hordes sans culture ni villes, tout juste bonnes à chasser le gibier dans les collines et à pêcher la sardine, avait été mise en coupe réglée par les Romains, avec leurs soldats, leurs routes, leurs techniques de construction, leur droit du sol et leurs écritures commerciales. Et deux millénaires plus tard, Baya trouvait le résultat franchement pas dégueu.

Elle admirait le mariage parfait entre les ressources de la terre et de la mer d'une part et d'autre part l'industrie humaine, avec le port de pêche, le chantier naval, les routes et chemins de fer pour relier les villes, les espaces agricoles, les lieux de plaisance. Tout ça si bien organisé, vu d'ici. C'était apaisant. Baya n'aurait pas été capable de dire au juste de quoi elle avait besoin d'être apaisée. Et puis, d'ici, on avait le sentiment qu'on pourrait défendre la colline contre n'importe quelle invasion ; elle rêvassait parfois à des maquis, des guerres civiles, des mitrailleuses brûlantes. Elle n'aurait pas non plus pensé à le raconter si on lui avait demandé à quoi elle rêvassait.

Poussée par la soif, elle se releva et rebroussa chemin. La journée lui semblait rétablie : elle allait rentrer déjeuner, ensuite elle appellerait le jardinier Rowry et les assurances. On était vendredi : tout à l'heure, Jean serait en week-end, ils pourraient se détendre, peut-être regarder un film, et dormir tard ensemble le lendemain, profiter des plages encore désertes avant l'arrivée des estivants. Elle enjambait gaiement les bébés houx, le pied alerte, l'âme légère.

Elle ne vit pas, faute d'avoir l'œil exercé à la chasse, les empreintes de sabots qui couraient le long du chemin. Elle ne sut pas repérer, comme le savaient sans doute les anciens habitants de Ligurie, les laisses de loin en loin entre les houx, les soies accrochées à leurs épines. Rendue à l'insouciance, elle regagna la route en sautillant de rocher en rocher. Arrivée sur le bitume, elle s'accroupit pour renouer le lacet de sa tennis.

Elle entendit soudain un grand fouillis de branches remuées au-dessus d'elle, dans la restanque boisée, puis le bruit d'un saut.

– Bonjour, dit une voix derrière elle.

Elle se redressa brusquement.

C'était la femme qui venait de débouler sur la route. Cela ne lui fit pas du tout plaisir.

9

On était vendredi : cela se sentait dans la circulation, et déjà à quinze heures, sous le soleil vertical de juin, la six-voies était pleine et Jean passait de la quatrième à la seconde tous les cent mètres, suivant les effets d'accordéon des longues files de bagnoles aux angles aveuglants de lumière. Il se sentait un vague agacement dont il ne situait pas la source, qui n'était peut-être qu'un peu de fatigue. Il avait passé deux heures avec Jean-Pierre Toul, penché sur de grandes feuilles de papier A2, sur lesquelles était imprimé l'ensemble des réseaux servant le centre commercial, après quoi ils avaient déjeuné dans le « food-court » de Sud Soleil, situé au troisième étage, juste sous la verrière. Jean-Pierre Toul l'avait assommé d'histoires de rugby autour d'une bavette aux champignons dont Jean ne se souvenait pas d'avoir eu envie ; dans la moiteur, ils avaient pu constater à quel point le système d'air conditionné était insuffisant.

Au café, le responsable réseaux s'était excusé : il avait posé une RTT ce vendredi, et ils convinrent d'un rendez-vous la semaine suivante pour aller inspecter les locaux techniques. Les plans en rouleau sur la banquette arrière du SUV, Jean avait décidé de rentrer finir sa journée chez lui.

Sur les plans, Sud Soleil se donnait pour un monstrueux amas de béton au cœur battant et dispersé, innervé de flux contradictoires, une grande bête de pierre et d'électricité, que les humains avaient enserrée dans des filets de toutes sortes pour en faire une monture, voire une habitation. Comme la figure d'un écorché, le dessin général semblait une pelote compliquée de câbles, de conduits et de surfaces, en différentes couleurs, dont les cheminements étaient entrecoupés de signes et symboles lointainement semblables aux fanaux de navigation. Il fallait savoir les lire. Jean savait les lire. Il avait tout appris sur le tas; il n'avait aucun diplôme. Cela lui procurait une certaine fierté.

Le bouchon était de plus en plus dense, et en dépit de ses principes, Jean se résolut à allumer l'air conditionné. On approchait de la sortie du Sablier. Il distingua bientôt au loin des gyrophares; il chercha la radio locale, mais elle ne passait que de la variété. Il coupa le son et soupira, le pied fatigué sur la pédale d'embrayage. Il en fallait toujours un pour aller se coller dans le décor.

Mais il ne s'agissait pas d'un accident de la route. Sur le macadam brûlant, deux civières recouvertes d'aluminium attendaient d'être chargées dans le camion des pompiers. Les suaires, oscillant sous la brise, renvoyaient des éclats éblouissants. Trois policiers s'activaient autour d'une voiture indemne hormis le pare-brise constellé d'impacts. Par terre, de loin en loin, des petites balises en plastique signalaient les balles. Il y avait un flic qui fumait, debout à côté des civières, les yeux cachés par des lunettes noires. De sous l'une des couvertures de survie émergeait un pied, chaussette blanche, basket blanche. Ce n'était pas un accident de la route, c'était une scène de crime.

Jean siffla entre ses dents. Travail de pro, pensa-t-il. La circulation se fluidifia instantanément ensuite et en arrivant sur la colline, il chercha l'information sur son téléphone avant même de descendre de voiture. Il tapa : mort autoroute Sablier. Il trouva tout de suite. Le conducteur et son passager tués par balles, une moto en fuite, les victimes connues des services, la piste du règlement de comptes dans un trafic local déjà envisagée.

Il suivit le hashtag. Les commentaires affluaient, les partages d'articles plus anciens donnant le contexte à des déplorations diverses. La cité du Sablier devenait tristement célèbre. Liguria servait désormais de base arrière aux trafics de Marseille, tant pour la drogue que, plus inquiétant, pour les armes. Les truands refoulés de la métropole par la concurrence étaient venus s'installer ici, plus au calme. Mais au fur et à mesure, les mêmes causes produisant les mêmes effets, les batailles pour le terrain ou la clientèle avaient suivi aussi, de même que les processus d'intimidation, les rivalités entre bandes, etc. Résultat, les deux ou trois cités de l'agglomération de Liguria devenaient aussi mal famées que leurs aînées marseillaises. Et si l'on ramenait la criminalité au nombre d'habitants, c'était même bien plus dangereux ici. Jean descendit de voiture.

– Baya, appela-t-il en pénétrant dans la cuisine.

Mais il n'y avait personne. Jean appela le portable de sa femme, et tomba sur la messagerie.

10

Le soleil déclinait sur la baie, restait brûlant. La mer semblait de métal fondu. Dans les pins, les cigales s'en donnaient à tue-tête. Jean faisait des allers-retours dans la piscine, mettait la tête sous l'eau, s'accrochait à une fort belle bouée achetée à l'occasion d'une fête l'année précédente, figurant un paon dont le corps était assez vaste pour s'allonger. Son téléphone était près de sa serviette, sur un transat, au-dessus : le bassin avait été aménagé sur la terrasse en contrebas du jardin. Plusieurs fois, Jean était sorti de l'eau, avait été allumer l'écran de l'appareil. À deux reprises, il avait relancé la recherche d'informations sur le règlement de comptes, il avait lu de nouveaux commentaires, n'avait pas appris grand-chose de plus. Il était redescendu dans l'eau claire.

Maintenant, l'horizon blanchissait comme un fer chaud.

– Jean, dit Baya.

Il leva la tête.

– Ah, te voilà ! dit-il en souriant, et il se hissa prestement sur la margelle, avant d'esquisser quelques bonds qui tentaient d'éviter les mottes de terre mises à nu par les sangliers. Il monta, tout mouillé, par les quelques marches qui reliaient la piscine au jardin et posa un baiser sur la joue de sa femme, qui lui tendit sa serviette.

– Je me suis demandé où tu étais passée.

– Mon téléphone s'est déchargé à cause de la chaleur, dit Baya. Tu sais chez qui j'étais ? Chez cette femme d'hier. Je suis tombée sur elle près de la falaise, sur la route. Tu sais pas ce qu'elle a fait ?

Baya semblait un peu fébrile. Elle ne regardait pas Jean dans les yeux. Son visage n'exprimait aucune émotion.

« Vous voulez boire quelque chose ? » avait demandé la femme après l'avoir fixée droit dans les yeux, sans sourire.

Baya n'avait pas su dire non. La soif lui séchait la gorge. Elle l'avait suivie.

La maison que la femme habitait était juste en contrebas de la falaise, dans une sorte de renfoncement de la colline, quasiment invisible depuis le chemin. À l'entrée du terrain en pente, des gaines de plastique orange surgissaient parmi les cailloux, attendant l'installation d'un portail électrique. La déclaration préalable de travaux était à moitié enfouie dans la haie ; Baya le nota par habitude professionnelle, parce que l'affichage n'était pas réglementaire. La maison avait été commencée par un promoteur local qui, comme beaucoup de ses confrères, n'avait pas eu le temps de finir son chantier avant de se retrouver poursuivi pour pratiques frauduleuses, et il était parti sans laisser d'adresse, laissant dans ce coin de garrigue un bloc cubique tout juste crépi d'un blanc crème, avec deux ouvertures en baies vitrées aux linteaux noirs, dans une grammaire lointainement semblable à celle d'un bauhaus tourné au village vacances. La végétation dense mordait les bords du chemin, courait parmi les graviers. Des ronces enserraient les troncs tordus des chênes-lièges, et le long du mur latéral, se déployait un buisson d'eucalyptus, énorme. La maison semblait la chimère ensauvagée d'un moderniste perdu dans la jungle, une robinsonnade rationaliste dont la nature n'aurait fait qu'une bouchée avant de la recracher.

Devant la maison, une dalle de béton en attente de revêtement servait de terrasse. Il y avait deux fauteuils en tek et une table basse. Baya jeta un regard autour d'elle : de là, on voyait les roches de la falaise sur tout le côté gauche, tandis que s'ouvrait, entre les arbres en contrebas, une vue assez complète du flanc de la colline, jusqu'à la plaine. Baya n'eut pas le temps de vérifier si on distinguait la villa, mais elle reconnut le couvercle des pins qui ombrageaient leur jardin. La femme ouvrit d'un geste la vitre coulissante de la porte-fenêtre, qui n'était pas verrouillée. La grande pièce était presque vide hormis une vaste banquette grise, un tapis noué bleu marine, quelques coussins et de grandes enceintes Bose. Cela aurait pu être un squat ou le loft d'un richissime paranoïaque.

Un bar délimitait la cuisine, équipée d'électroménager flambant neuf, et totalement vide. La femme s'y dirigea, emplit deux verres d'eau du robinet, déclencha de la musique à l'aide d'une petite télécommande blanche.

Baya s'approcha. Sur le bar, dans un grand plat de faïence, trônaient deux kilos d'abricots.

– Elle s'est servie dans notre verger, en fait.

Baya gardait les yeux fixes. Elle n'en revenait manifestement pas.

– Elle est partie hier en disant « j'en prendrai en passant », je m'en suis souvenue après coup, reprit-elle. Et de fait, elle est très littéralement allée se servir à même les arbres. Ce n'était pas son chemin pour rentrer, elle a dû revenir ou faire un détour. Tranquille.

Jean regarda l'horizon.

– J'ai envie de fumer, dit-il. Plutôt parce qu'il ne savait pas quoi répondre.

Baya sembla s'éveiller et se déshabilla d'un seul geste, laissant tomber la robe et les sous-vêtements à ses pieds sans aucun soin, contrairement à ses habitudes. Nue, elle descendit vers la piscine et plongea, ce qui n'était pas du tout dans ses habitudes non plus. Jean la regarda revenir à la surface, ses seins subitement éveillés par la fraîcheur, et cela le contraria bizarrement. Elle retourna sous l'eau, traversa la piscine par le fond.

– Mais tu es restée hyper longtemps chez elle, non ? dit Jean, sans élever suffisamment la voix pour que Baya puisse l'entendre. Elle s'était accoudée au rebord de la piscine, le visage tourné vers la baie. De là où il était, il voyait son épaule, son oreille et le côté de sa joue. Il alla jusqu'à la maison, se doucha, passa un pantalon de toile et un tee-shirt. Il ressortit calmé, tenant le plateau avec une carafe de limonade, un cendrier et un paquet de Gitanes. Quand il fumait, il fumait des Gitanes.

Baya était sortie de l'eau et remontée dans le jardin. Elle se séchait dans la serviette qu'il avait laissée sur le transat, s'enveloppait dedans, le regard dans le lointain. Elle s'approcha de lui en esquissant un sourire et s'assit près de lui à la table.

– J'ai envie de faire l'amour, dit-elle.

II

BRUITS

11

Les crépuscules de juin s'étirent comme si le jour refusait de finir. La température dépassait encore trente degrés. La lune, en maigre croissant, semblait trop haute dans un ciel trop lumineux.

Ils avaient décongelé une pizza quatre-saisons et la mangeaient, l'un près de l'autre à la table du jardin, face à la baie qui scintillait. Ils avaient une très belle cuisine mais ne cuisinaient que peu, se contentant le plus souvent de salades composées, parfois de viande grillée, et, en cas de fatigue, de pizzas qu'ils achetaient au Tube, le fournil du bourg, et qu'ils congelaient à même le carton. C'était très pratique. Jean avait à nouveau rechargé le thread pendant que la pizza chauffait et que Baya préparait une vinaigrette au citron pour la roquette. Une nouvelle dépêche lui avait appris que les deux victimes étaient à peine majeures.

Il se servit une rasade de rosé.

– Il y a eu un règlement de comptes cet après-midi sur la six-voies, au niveau du Sablier. Ils ont tiré à travers le pare-brise. Deux morts, j'ai vu les civières. J'ai vu un pied qui dépassait. Possible que ce soit lié à du trafic d'armes.

Baya, mâchant, tenait une part de quatre-saisons d'aplomb sur trois doigts, et découpait, de la main gauche, une feuille au rouleau de Sopalin. Le silence retomba. C'était un silence ami, un silence de couple, se dit Jean. Peu de temps auparavant, Baya l'avait chevauché puis s'était blottie contre lui : tout allait donc certainement très bien. Il posa la croûte de sa part au bord de son assiette et se mit à piquer des feuilles de salade sur sa fourchette.

– Comment ça se fait que tu sois revenue si tard ? Il était six heures passées, quand tu m'as rejoint. J'avais fini de bosser.

– Je sais pas… Je suis moi-même surprise d'être restée si longtemps avec cette femme. On a fait une tarte, figure-toi. Avec les abricots. Trop bizarre, en plus on ne se disait rien. Elle a mis de la musique électronique très dépouillée, presque une rythmique. Il faisait chaud dehors, c'est peut-être pourquoi je suis restée là. On a mangé la tarte quand elle a été tiède. Et après, je suis partie. Je suis montée dans la forêt, je me suis un peu perdue, je me suis retrouvée à l'amphithéâtre de vigne. J'ai croisé la patronne, Saint-Natuche. Elle m'a dit que les sangliers étaient une cata pour eux. Ils sont en train de mettre des clôtures électriques tout autour de l'amphithéâtre.

– Et à la mairie ?

Baya soupira et rapporta brièvement le dialogue en cul-de-sac qu'elle avait eu avec les deux secrétaires.

– C'est peut-être pas idiot, d'aller au conseil municipal, non ?

– Peut-être, oui… Il faudrait que je passe des coups de fil, voir qui veut venir.

Baya s'arrêta, puis reprit.

– C'est clair que je vais y aller. Plus on sera nombreux, plus le maire entendra.

Cette fois, la nuit était vraiment tombée. Jean visualisait Baya avec la femme, dans le salon vide et lumineux, parcouru des pulsations régulières de la musique, qu'il imaginait comme le bruit des détonations d'un pistolet muni d'un silencieux.

– On va à la Criquette, demain ? demanda Baya.

– Ça me dit bien, répondit Jean comme s'il ne pensait pas à autre chose. Il y aura sans doute les Martoni.

Benoît et Magali Martoni étaient les amis qui étaient à la source de leur installation dans la colline. Ils se retrouvaient souvent le samedi matin à la Criquette.

Baya repoussa son assiette et monta les talons sur le bord de sa chaise, se tenant les genoux dans les bras. Elle appuya la tête contre l'épaule de Jean.

– J'ai bien aimé cette musique. Il faudrait qu'on aille danser un de ces jours. Ça fait longtemps. On s'encroûte comme des vieux, dit-elle avec un sourire dans la voix.

Jean avait fêté ses quarante ans un an plus tôt. Baya allait sur ses trente-six. Ils aimaient sortir la nuit ; jusqu'ici, ils n'avaient pas souhaité d'enfants ; surtout Baya, qui trouvait la grossesse un peu obscène. Jean, lui, s'en fichait au fond. On n'était pas obligé d'avoir des enfants. C'est vrai que d'une certaine façon, ils menaient une vie de vieux, la vie des jeunes retraités qui s'installaient sur la colline. Mais eux, c'était différent : c'était par goût du confort. Là aussi, le choix de ne pas avoir d'enfants permettait d'habiter cette très belle villa.

Elle avait un beau salaire au moment où ils avaient acheté. Jean n'avait pas dit à Baya qu'une bonne partie de son propre pécule venait de braquages de jeunesse qu'il avait patiemment blanchis au casino de Lyon, petit à petit. Il avait su rester prudent, il avait su ruser avec les contrôles, les surveillances. Et c'est comme ça qu'il s'en était sorti. Dès qu'il avait pu, il avait retiré ses billes, et ici, alors que la Ligurie regorgeait sans doute de possibilités dans ce domaine

– les machines à sous, notamment, défrayaient régulièrement la chronique de la côte – Jean avait pris garde de ne pas y mettre le début du petit doigt. Maintenant, il gagnait sa vie honnêtement. Il payait presque tous les impôts, et déclarait presque tous les salaires qu'il versait. Cela le regardait, et il n'en parlait pas à Baya. Elle n'avait pas besoin de savoir que la loi, lui, il trouvait que c'était surtout fait pour créer des ennuis aux misérables.

Baya ne posait pas de questions à Jean. Elle aimait qu'il subsiste entre eux des zones inconnues. Elle aimait aussi soupçonner sa part d'ombre ou de secret, cachée derrière la douceur du regard qu'il posait sur elle. Du moins c'est ce qu'elle avait pensé jusqu'alors. Tacitement, ils n'avaient pas parlé des points sur lesquels ils pouvaient être en désaccord. Ils préféraient rire, jouir des journées, des nuits, des corps, organiser des travaux pour la cuisine ou la piscine, aller à la Criquette. Peut-être est-ce le principe même du couple humain.

Les cigales se turent enfin, l'une après l'autre lassées de se casser la tête avec leur crécelle. Les étoiles s'allumaient et on voyait, au loin sur la baie, scintiller les réverbères des rues de Liguria, qui dessinaient d'étranges hiéroglyphes sur le flanc des collines. La nuit était maintenant noire sur la leur, le premier quartier de lune encore trop mince pour éclairer les restanques de sa lumière blanche. Presque à tâtons, Baya tendit la main et vida le reste de la bouteille de rosé dans leurs verres. Ils fumèrent une cigarette en silence, leurs profils brièvement éclairés par la braise attisée, puis retombant dans l'ombre, se découpant en noir – pour qui les aurait observés de loin, depuis le taillis qui marquait la fin de leur jardin, par exemple – sur la pâleur de la maison derrière eux. Jean posait parfois de petits baisers sur le front de sa femme, appuyé sur son épaule. Ils accueillaient le silence, le sommeil.

Un bruit sourd, comme un frôlement épais de branches, se fit entendre. Baya se redressa.

– T'as entendu ? chuchota-t-elle.

Jean ne répondit pas, les sens en alerte. Ça venait de la restanque du verger.

Le bruit recommença, plus long, suivi d'un autre qui ressemblait à un piétinement. Ça faisait un tohu-bohu à la fois discret et très proche.

On entendit quelque chose qui ressemblait à une lutte, des grognements brefs et le claquement sec de bâtons de bois mort cassés.

Jean sauta sur ses pieds, tapa dans ses mains et cria hé ! hé ! ho !

Une cavalcade lui répondit, suivie d'un éboulement de pierres dégringolant dans un roulis sourd. Il alluma la torche de son téléphone et la braqua vers le muret de la restanque.

Évidemment, il n'y avait rien à voir. Les sangliers prenaient la fuite. On entendit un dernier galop au fond du jardin.

– C'est eux, dit Baya.

– Ils prennent la confiance, on dirait.

12

À la Criquette, heureusement, on retrouvait vite un sentiment de sérénité. Ils descendirent en prenant garde à ne pas glisser sur les pierres blanches ni à se prendre une tong dans les racines des pins qui formaient, entre les pierres tranchantes, un escalier irrégulier. La mer miroitait calmement sous le ciel bleu ; plus loin à droite, le bâtiment moderniste d'un hôtel un peu chic découpait sa mosaïque de coursives et de balcons sur le flanc vert de la colline. Juin était décidément la meilleure période de l'année, avant l'arrivée des touristes ; même si, à la Criquette, il n'y avait jamais que des habitués, surtout le matin. Baya, qui descendait la première, se retourna vers Jean et lui adressa un sourire radieux.

La nuit avait été agitée. Baya s'était mise en colère à cause des sangliers : elle était assez prompte à se fâcher. Elle était brutalement allée se coucher, comme si elle leur avait fait la tête. Jean était resté dehors à fumer, se sentant sourdement nerveux. Ensuite il n'avait pas trouvé le sommeil.

Ce n'étaient pas tant les sangliers qui le tracassaient que le Sablier et ce règlement de comptes. Il avait l'impression qu'on avait poussé le sujet dehors à cause des bêtes, qu'on n'en avait pas assez parlé. Il lui semblait que quelque chose de grave se jouait là, mais Baya n'avait réagi à rien. Il avait fini par aller se coucher à tâtons, tâchant de ne pas déranger son épouse, dont le souffle régulier s'élevait sur le côté du lit.

Évidemment, Baya ne réagissait pas au fait que le Sablier devînt, éventuellement, un arsenal. Pour elle, cela faisait partie des informations locales, comme les crues d'automne dans l'arrière-pays ou la réhabilitation du complexe portuaire. Elle n'avait aucun lien avec les grands ensembles d'habitation à la périphérie des villes ; elle savait que cela existait mais cela n'avait rien à voir avec son monde – elle s'en distinguait sans doute d'autant plus délibérément que les origines immigrées de sa famille l'y assimilaient par stéréotype. Pour Jean, c'était très différent. C'était organique. Mais cela il ne le lui avait pas expliqué, notamment parce qu'il n'en était pas pleinement conscient lui-même – c'est-à-dire que Jean n'était pas le genre de type à s'arrêter sur ses souvenirs suffisamment longtemps pour en tirer un récit avec des relations entre des lieux, des sensations ou des faits, et encore moins un récit qui pût prendre une quelconque valeur.

Il avait ce souvenir, l'un de ses plus anciens, celui du dynamitage de sa tour. Ce n'était pas au Sablier mais dans un quartier analogue, simplement à un endroit sans la mer et sans les mouettes sur le ciel bleu. C'était un ciel normand plutôt, et le fleuve non loin charriait de l'humidité. Il avait peut-être dix ans; tout le quartier était réuni au grand complet derrière ces barrières métalliques qu'on installe aux abords des fêtes foraines; lui les pieds sur la barre du bas, entre deux barreaux, accoudé à la barre du haut, d'autres gamins à côté de lui dans la même position et derrière eux les adultes, les parents, des tas de gens. Il ne se souvient pas des flics pourtant il doit y en avoir; sans doute on a évacué tout le quartier pour éviter que le souffle de l'explosion fasse des dégâts. En tout cas, il y a du monde et du bruit, un grand bruit de foule. Et à un moment, alors que Jean n'a rien entendu, on voit sur sa tour, là-bas, de l'autre côté du parking et du square, des petites tâches de fumée tout le long du bâtiment; et puis, doucement et à ce qui lui semble toujours en silence, la tour se penche et s'affaisse sur elle-même dans une grande vibration; et tout le monde se met à crier oooooh derrière lui. Un énorme grondement, une énorme fumée, et plus de tour. Jean avait cherché sa mère et sa mère était en train de pleurer.

Ensuite de quoi sa vie avait été une longue série d'emmerdes pendant une grosse quinzaine d'années. C'est peut-être pourquoi il se souvenait si bien de cette démolition (il avait appris plus tard que cela s'appelait « politique de la ville »), genre de pas inaugural. Il était resté d'abord dans le même quartier, puis il avait fallu partir, et encore partir, et repartir. L'impression d'être pourchassé par des instances invisibles – d'abord cette démolition, puis des papiers que recevait sa mère, des arriérés, des impayés. Puis des mines patibulaires sur le pas de la porte, puis, alors qu'il grandissait, les efforts désespérés de sa mère pour qu'il arrête les bêtises, comme elle disait. Les bêtises c'était commerce illicite et racket sauvage : pas glorieux, ça non ; bon, il fallait bien vivre. Mais ça attirait des ennuis. Puis encore ensuite, sans sa mère, bouger encore, à chaque fois pour échapper à quoi : aux emmerdes, qui étaient peut-être les simples conséquences de lui-même.

Il avait réussi à se tirer de cette cavale ; il avait trouvé Baya, la villa ; enfin, il avait réalisé ce rêve d'habiter quelque part : s'installer. Et il lui semblait désormais, alors qu'il gisait sur le dos dans son lit paisible, que les truands du Sablier venaient le débusquer dans le refuge qu'il s'était bâti. Jean était incapable de se dire qu'il n'y était mêlé en rien. Quelque chose l'appelait, comme une odeur métallique et bien connue. S'il y avait des armes, il allait y avoir des problèmes. Cela, Baya ne pouvait pas s'en rendre compte, mais il n'empêche : en lui comme en tout le monde, il le savait, était tapie une sale bestiole qui ne demandait qu'à sortir, et que les armes pouvaient faire sortir.

– Jean, arrête de bouger, tu me réveilles.

Et Jean était resté longtemps les yeux ouverts dans l'obscurité.

13

Sautant légèrement sur le rocher inférieur, Jean lui rendit son sourire ; Baya se sentit, l'espace d'un instant, pleine de reconnaissance envers le monde de permettre l'existence de cette matinée, du soleil, de la mer lisse, de la Criquette d'où l'on embrassait d'un seul regard l'immuable régularité des choses. Les Martoni étaient à leur place, ainsi que Danielle, la vieille dame qui descendait chaque matin avec son petit fauteuil pliant qu'elle installait toujours entre les deux mêmes rochers, ses sandwiches de pain de mie et de pâté de foie emballés dans du papier d'aluminium qu'elle ouvrait précautionneusement et qu'elle partageait avec Coralie, son yorkshire. Baya adressa un signe de main aux Martoni en s'avançant vers eux, de rocher en rocher ; et c'était comme si chaque pas qu'elle faisait l'éloignait de la tension qui s'était installée en elle et autour d'elle depuis quelques jours. Quand Jean ne dormait pas,

Baya s'inquiétait. Elle ne lui en laissait rien voir mais elle se servait de lui comme d'un mystérieux baromètre, comme on peut faire avec les oiseaux ou les chats. Si Jean était nerveux, c'est que quelque chose tournait mal. C'est pourquoi elle se sentait si heureuse de voir qu'ici, à la Criquette, tout allait bien, comme d'habitude.

On se salua ; on fut prévenu que l'eau était plus fraîche que la semaine passée ; on sortit les serviettes, on se passa de la crème solaire dans le dos. Tout le monde, quasi à poil, gardait ses lunettes de soleil. Benoît Martoni restait debout, les mains sur les hanches, tourné vers le large, comme une vigie attentive. Magali, sa femme, était allongée sur un matelas de mousse et tenait entre les mains *Civilisation Mag*, qu'elle lisait entre deux répliques, tournant la tête à chaque fois que quelqu'un prenait la parole. Jean partit directement se baigner et bientôt on ne vit plus de lui que deux bras qui nageaient un crawl régulier à l'horizon. Baya raconta l'invasion des sangliers sur la colline.

– Chez nous c'est moins problématique, fatalement, dit Benoît avec son accent méridional.

Les Martoni habitaient de l'autre côté de Liguria, là où les collines étaient occupées partout par des maisons cossues, desservies par de longues rues aux noms américains. Ils n'avaient ni vignes ni forêts à proximité, ce qui évitait la présence des nuisibles. Baya envia pour la première fois ces quartiers qu'elle avait toujours trouvés d'un mauvais goût achevé, ces hauts murs de classes moyennes retranchées et ces portails automatiques coiffés de caméras de surveillance.

– Appelle l'assurance, normalement c'est compris dans les dégâts naturels, ajouta Magali en tournant la page sur une interview de Charles Robinson.

– Oui, on est couverts, mais enfin ce n'est pas ça qui va les faire débarrasser le plancher, dit Baya.

Personne ne répondit. Jean était en train de ressortir de l'eau en faisant attention à ne pas se casser la margoulette sur les algues qui rendaient les rochers visqueux. Baya lui sourit à nouveau en voyant sur son visage mouillé le contentement de l'effort. Il lui semblait parfois qu'elle partageait sa vie avec un paisible mammifère, à qui la moindre distraction permettait d'oublier tous les problèmes. Il s'allongea de guingois sur les rochers et ferma les yeux face au soleil. Il était très beau.

Benoît Martoni se déplaça de quelques pas et reprit son observation du large. Baya le trouvait toujours vaguement pénible, sans raison valable ; elle appréciait en revanche Magali qui ne parlait qu'à mots comptés et qui semblait toujours d'une placidité totale, laquelle cachait un sens aigu de l'observation. C'était de ces amis de circonstance et d'habitude : ils étaient à l'origine de leur installation dans la région, et depuis des années maintenant on se retrouvait à la Criquette à la belle saison, et au restaurant en hiver, une ou deux fois par mois. Benoît était dans les sanitaires industriels : avec Jean ils parlaient souvent de marchés. Magali était professeure d'italien dans un institut de formation continue, et elle n'en parlait jamais. Baya n'aurait pas su dire si ce qu'elle appréciait chez eux était autre chose que la simple permanence dont ils faisaient preuve, et la ressemblance de leur vie avec la sienne : pas d'enfants, du confort. Son confort. Elle sentit remonter un reste de la colère qui s'était emparée d'elle la veille au soir en pensant que ces sales bêtes venaient saccager son espace.

Elle plissa les yeux, fixant l'horizon qui blanchissait dans la chaleur. On ne voyait presque aucun bateau sur la mer : les plaisanciers attendaient l'après-midi.

– Ah tiens, je ne savais pas que les Ligures étaient des pirates redoutés, dit Magali.

Baya tourna la tête ; sa compagne lisait « Mystérieux Ligures », l'article suivant de *Civilisation Mag*.

– La piraterie et les razzias sont devenues leurs principales sources de revenus, au fur et à mesure que l'Empire romain les repoussait dans les montagnes et privatisait les terres, ce qui les empêchait de vivre de chasse, de cueillette et d'élevage extensif, comme les semi-nomades qu'ils étaient, poursuivit la professeure d'italien.

Baya se tourna sur le flanc et observa l'illustration, qui montrait un homme et une femme aux cheveux hirsutes, munis d'un arc et de flèches, dans une vue d'artiste d'un morceau de côte ressemblant à celui où elles bronzaient actuellement. Par-dessus l'épaule de Magali, elle lut l'encadré intitulé « Portraits de Ligures, info ou intox ? ».

> Les Ligures n'avaient pas de système d'écriture, ce qui fait que tout ce qu'on sait d'eux nous vient des Romains qui ont fini par les dominer. Comme la conquête de la Ligurie fut très difficile à cause de la guérilla menée par les autochtones et leur parfaite connaissance du terrain, les témoignages des Romains sur ces derniers sont particulièrement péjoratifs : alors que l'archéologie a montré qu'ils maîtrisaient commercialement la Méditerranée dès l'âge du bronze, les Ligures sont dépeints quelques siècles plus tard comme fourbes, cruels et voleurs. Les considérant comme sous-civilisés, les auteurs latins classiques n'ont pas pris la peine de retranscrire leurs mythes ou leur idéologie, pourtant riches et divers, selon toute vraisemblance. Comme le dit A. Piganiol, chercheur à l'université de Tours : « La valeur même du nom "Ligure" est comparable à celle du nom "Indien" dans

la langue des colons modernes d'Amérique : péjorative et équivalente à barbare. »

– Ah ouais, dit Baya. Puis elle se remit sur le dos et observa la plage.

Un retraité du quartier était en train de déplier un petit canot pneumatique et de s'équiper d'un fusil-harpon démesurément grand. Benoît Martoni se dirigea vers lui pour observer les préparatifs de la pêche. Baya n'entendait pas ce que les deux hommes se disaient, elle observait leurs gestes, se montrant des pièces de l'arme, désignant des lieux lointains, mimant la taille de poissons légendaires. Elle distingua Benoît Martoni dire « fatalement » avec son accent chantant. Le retraité, très ingambe, enfilait à présent une combinaison en néoprène. Elle ressentit une pointe d'envie en imaginant la vue subaquatique, l'arbalète au bras, le recul du tir. N'eût été Benoît, elle serait bien allée demander deux ou trois informations au pêcheur. Ce serait pas mal, ça, la pêche au harpon, comme activité de détente.

Enfin, elle s'arrêta à son tour de penser sous l'effet conjugué du vent, de la lumière et du bruit des vagues. Elle attendit patiemment le moment où son corps, repu de chaleur, nourrirait l'élan qui la pousserait dans l'eau. On était bien. Trônant sur son fauteuil pliable vert et coiffée d'un digne bob Amora, la vieille Danielle expliquait à Coralie qu'elle n'aurait droit à un morceau de sandwich qu'un peu plus tard ; la chienne la regardait en grondant sourdement.

14

Et alors Jean entendit un bruit qu'il ne connaissait pas.

Il fixa son regard sur la chemisette à carreaux de Jean-Pierre Toul, qui cherchait une référence dans le dossier relié par une spirale en plastique appuyé sur son avant-bras velu, pointant chaque ligne d'un stylo-bille à ressort. Ils se tenaient dans un des longs couloirs éclairés au néon du sous-sol technique de Sud Soleil, dont les plafonds étaient parcourus de porte-câbles en grillage inox, transportant les fluides vitaux du centre. Il ne faisait pas spécialement frais dans le souterrain, seulement sombre. L'air était épais, chargé peut-être de la tension du béton armé des murs bruts, peints de numéros et de codes certainement incompréhensibles à toute éventuelle civilisation future, quelle qu'en soit l'intelligence. Tout était plein de vrombissements lointains.

Leurs pas résonnaient dans des grondements sourds. Ils étaient là-dedans depuis deux heures peut-être, dans le ventre de la grosse bête fiévreuse qu'était Sud Soleil, tapie au bord de Liguria, et qu'il fallait soigner avant que sa fièvre ne fasse des dégâts. Ils avaient déjà passé en revue les installations d'air, et Jean avait demandé qu'on en profite pour checker les accès aux vides sanitaires et les dispositifs de pompage en cas d'inondation. Il n'avait pas compté avec l'insatiable méticulosité de Jean-Pierre Toul, qui se délectait de toutes les vérifications possibles en chemin.

C'était quoi, ce bruit ? Il se concentra, cherchant à l'isoler du reste qui n'était pas le silence. Malheureusement, Jean-Pierre Toul faisait claquer sa langue sur ses dents en lisant le dossier, ce qui donnait l'impression qu'il espérait de cette référence la clé du sens caché du monde. Jean retint un élan pour lui bâillonner la bouche de sa main. Quelle plaie, ce Toul.

Jean avait les nerfs en pelote. Peut-être était-ce simplement qu'il n'avait pas profité de son week-end. En remontant de la Criquette, il avait déroulé les plans A3, figures nerveuses d'une chimère écorchée ; mais il n'arrivait pas à se concentrer, s'interrompant sans cesse pour chercher sur Internet des informations sur le Sablier, ne trouvant que des rumeurs. Et les moments qu'il avait passés dehors, il avait redouté à chaque instant d'entendre le ramdam des sangliers, presque comme s'il l'attendait. Quant au dimanche, il préférait ne pas y penser.

– Ah ! voilà, c'est 567AB52, dit Jean-Pierre Toul en donnant une petite tape satisfaite sur le dossier avec le bout de son stylo.

Il était tout content.

– Génial, dit Jean.

Qu'est-ce que pouvait être ce bruit ?

C'était un petit *tactactac* rapide, comme si quelque chose s'était glissé dans une roue et tapait contre l'un de ses rayons, quelque chose de trop léger pour entraver sa course mais trop solide pour simplement disparaître dedans. Un gravier dans le fond d'un tuyau de soufflerie, agité par l'air ? Un animal coincé dans une bouche d'aération ? Il visualisa mentalement les plans qu'il avait regardés tout le week-end, tentant de localiser le son. Il lui sembla être sur le point de comprendre mais à ce moment le téléphone de Jean-Pierre Toul se mit à sonner de façon tonitruante, et il décrocha pour engager une conversation dont Jean ne comprit pas un traître mot, comme si elle avait été une suite de borborygmes.

Le responsable réseaux toujours au téléphone, ils firent quelques pas supplémentaires dans le dédale. Des petits phares vert et blanc indiquaient, de loin en loin, d'improbables issues de secours. Il y avait ce bruit plus indistinct et à nouveau plus proche ; en rythme, Jean y accrochait des mots. Sud Soleil, Sablier, sangliers. Un *tactactac* et le sifflement des mots. Il se passa la main sur le visage. Normalement, le travail extrêmement technique qu'il faisait le calmait, lui donnait un sentiment de maîtrise et de paix ; force était de constater que ce matin, il n'en allait pas ainsi.

Jean-Pierre Toul s'était retourné pour le fixer d'un air interrogateur, et Jean se rendit compte qu'il lui avait posé une question. Dans le doute, il acquiesça d'un air concerné. Souvent, cette stratégie marchait ; de fait, une fois de plus, elle fonctionna, et le responsable réseaux reprit sa marche d'un air satisfait, ses avant-bras velus se balançant en rythme de chaque côté de ses pas, émergeant des manches courtes comme des créatures antédiluviennes.

Clim, bêtes, règlement de comptes. La voiture au pare-brise explosé. Soit. Les grognements au crépuscule, la cavalcade. La tour dynamitée, la jeune fille traquée ; et l'image, construite celle-là, inventée par lui, de Baya face à la femme dans une vaste cuisine vide, dans les vibrations sourdes de la musique. OK. Les canines. La basket immaculée surgissant de la couverture de survie, sur le revêtement brûlant de la rocade. Chaleur, fauves, tirs en rafales.

Et puis dimanche, hier. Ce n'était pas si grave, pourtant. Ou alors si ?

Qu'est-ce que c'était que ce bruit ? Quelle bestiole dans quel conduit ?

Il aurait fallu pouvoir au moins régler ça tout de suite : ça lui semblait tomber sous le sens. Il s'apprêtait à dire quelque chose, quand il se rendit compte qu'ils étaient devant l'ascenseur ; et il comprit que la question à laquelle il avait professionnellement acquiescé quelques instants plus tôt était de savoir s'il avait tous les éléments pour travailler. Décidément, tout était à contretemps, et il ne trouva pas le courage, dans l'ascenseur, de formuler une nouvelle requête : quelque chose ressemblant à une vague honte le retenait. Déjà ils débouchaient au rez-de-chaussée, rendus à la lumière du jour et à l'air trop chaud de la verrière, sous le regard indolent de l'agent de sécurité. Il n'y avait plus le bruit, il n'y avait que la voix de Toul, étrangement déconnectée de sa bouche qui remuait devant lui, sertie d'un bouc qui tirait sur le roux.

Pfff.

En regagnant sa voiture sur le parking, il sembla à Jean qu'il n'avait jamais regardé les piliers de béton qui soutenaient l'étage supérieur, ni les voies bitumées, ni les bornes et les bandes de peinture marquant les passages destinés aux humains bipèdes. L'ensemble, rectiligne, constituait un paysage panoramique dont les lignes de fuite convergeaient vers la lumière aveuglante et la vieille garrigue rase, restée nue alentour entre les hangars des commerces voisins ; un paysage coupé horizontalement en haut par le plafond de béton du toit-terrasse, en bas par le macadam, et ponctué régulièrement des perpendiculaires formées par les colonnes, lointaine citation de la géométrique rigueur des péristyles des anciens forums, aux carrefours de plans hippodamiques que l'Empire romain avait jadis dessinés ici comme ailleurs, sans égard pour les anciens chemins dans les garrigues et les forêts, ici comme ailleurs sûr de son droit et de sa puissance – et tant pis si le peuple à asservir ici était davantage rebelle qu'un autre, on finirait par l'avoir à force de lois, à force de progrès, de confort et de tous ces raffinements de civilisation qui finissent par mettre tout le monde d'accord, n'est-ce pas, dans un grand « c'est comme ça et pas autrement ».

Jean marcha jusqu'à la lumière, passant sans y prendre garde devant sa grosse bagnole trop propre. Il sentit la brise de l'air descendre sur lui, siffler à ses oreilles ; et en contemplant le paysage sériel de parkings, contre-allées, portes coulissantes, panneaux de signalisation, ronds-points fleuris de yuccas rachitiques qui s'étalait à perte de vue dans la plaine maritime, il visualisa pour la première fois ce torrent dont Sud Soleil avait envahi, recouvert et terrassé le lit. Il lui sembla entendre le flot grondant qui devait courir sur ces pierres très blanches et coupantes qu'on voit dans la région, en de lointains printemps, vers la mer toute proche ; les joncs sur les côtés penchés par la même brise et dans lesquels s'abritaient des serpents, des furets aux canines acérées ; les chevreuils, les sangliers qui venaient s'abreuver parfois attaqués par des genres de gros chats sauvages (pensait-il vaguement), et guettés par les Ligures : humains chevelus, agiles, postés sur les éminences des rives et les à-pics des falaises, avec des lances ou des flèches. Les sens à l'affût, les mœurs farouches, ne craignant nul empire, l'œil sombre suivant le pas des porcs sauvages, calmes.

Il les voyait presque devant lui. Ou plutôt, il les sentait, leur présence comme ces bruissements furtifs qu'on entend dans le silence quand la nuit tombe ou parfois, comme maintenant, alors qu'il ne pourrait pas faire plus jour. Il n'aurait pas pu faire plus jour et pourtant, quelque chose de plus qu'un soupçon, de moins qu'une vibration. Il ne les voyait pas : leurs cheveux, les plumes dont ils se coiffaient, leurs corps trapus. Mais ils étaient là, lui faisant face comme un miroir brouillé.

– Tu délires total, mec, pensa Jean.

Il se passa la main sur le visage, souffla fort par la bouche, pivota sur ses pieds et marcha vers le SUV, qui clignota avec un bip gentil sous l'action du déverrouillage télécommandé. Il s'assit au volant, ferma la portière, alluma la clim et eut un soupir de soulagement, tandis que le poids qu'il se sentait sur la poitrine se relâchait enfin, presque complètement.

15

D'un geste calme et régulier, Rowry ramassait à l'aide de la grande épuisette les aiguilles de pin flottant à la surface de l'eau bleue, qui envoyait un son doux de clapotis. Comme à son habitude, il était habillé d'un short à poches plaquées et d'un tee-shirt publicitaire délavé ; comme à son habitude aussi, imperturbable. Il avait descendu, dans une brouette, une pelle et un râteau. Il était tôt : Rowry arrivait toujours entre sept et huit heures. Jean était parti à peu près au même moment. Baya n'avait pas envie de penser à Jean.

Dans sa robe de chambre en indienne, elle buvait une troisième tasse de café sur la terrasse en surplomb de la piscine, observant le travail du jardinier pour remettre en état le parterre. D'abord il enleva les mottes de terre que les bêtes avaient délogées. Ensuite il passa le râteau pour aplanir. Il travaillait vite.

– Pour le verger, il n'y a rien à faire que de mettre en place une clôture, si vous voulez qu'ils en restent éloignés. Mais il n'y a pas de jeunes arbres cette année, donc selon moi, ils ne pourront pas faire bien pire que ce qu'ils ont déjà fait : quelques griffures, quelques branches cassées, quelques fruits manquants. Et ici, le mieux serait sans doute de daller l'immédiat pourtour du bassin, dit-il, dans son français irréprochable et rond de Britannique bien élevé.

– Vous croyez, dit Baya pour dire quelque chose.

– Y compris pour les humains, ce serait toujours plus agréable, il me semble.

Il la regarda et elle esquissa un sourire. Il avait un corps long et souple et un visage comme sculpté au couteau. Baya considérait qu'il était l'homme parfait pour les fantasmes des femmes oisives des propriétés du coin : sans doute cela expliquait-il, outre la méticulosité dont il faisait preuve dans son travail, son succès dans la colline et aux environs. Toujours extrêmement correct, poli, d'une éducation irréprochable. Un chic anglais absolu : encore mieux pour fantasmer, selon Baya. Mais après tout, elle ne savait rien de la façon dont il se conduisait avec les autres. Elle ne savait pas grand-chose de lui, hormis qu'il était sujet de la couronne britannique, qu'il parlait un français parfait et qu'il était jardinier dans le coin depuis bien avant leur propre arrivée. Elle-même ne fantasmait pas vraiment sur lui ; mais elle aimait le regarder travailler.

Il était excellent comme jardinier et comme paysagiste ; il connaissait les alliances végétales, les essences qui s'aidaient mutuellement à grandir, celles qui illuminaient les parterres, celles qui transfiguraient les haies. Il avait l'art de greffer les fruitiers dans la plus belle des formes, et pour qu'ils donnent le plus de fruits ; des fleurs et aromatiques, des plantes allogènes et des spécimens rares, Rowry constituait un alliage chaque fois savant et chaque fois inédit. Il était raffiné.

Baya se leva, alla s'habiller. Il faisait déjà chaud. Dans le frigo, elle prit de l'eau pétillante, pressa deux citrons dans une carafe, mélangea le tout et posa deux verres sur le plateau. Lorsqu'elle ressortit, Rowry était en train d'inspecter le parterre d'aromatiques qu'il avait ménagé non loin de la porte de la cuisine, arrachant çà et là un brin d'herbe fantasque.

– Je déteste ces bêtes, dit Baya d'un ton définitif en tendant un verre de citronnade au jardinier.

– Pour nous autres Britanniques, ce sont des animaux fabuleux, répondit celui-ci après un temps.

– Ah bon ?

– L'histoire des hommes de Grande-Bretagne commence là où finit celle des sangliers, et du plus puissant d'entre eux, Twrch Trwyth.

Baya eut un air interloqué. Le son que venait de prononcer, très calmement, le jardinier anglais n'avait absolument rien d'humain pour elle. On aurait dit une onomatopée étouffée par un bâillon.

– Dans un temps très reculé, dit Rowry en s'asseyant à la table sur un geste de Baya, les îles de Grande-Bretagne étaient couvertes de forêts, et gouvernées par des géants. L'un d'eux, le cruel Ysbaddaden, avait une fille très belle, nommée Olwen. Ils habitaient le plus beau château du monde, sur les alentours duquel Ysbaddaden faisait régner une loi de sang et de terreur. Conformément à un sort jeté par une fée longtemps auparavant, Olwen charma le cœur de Kulhwch, un jeune cousin du roi Arthur.

Rowry but une gorgée de citronnade avant de continuer, aussi naturel que s'il avait parlé du syndicat mixte de ramassage des ordures ménagères ou des méduses sur la côte.

– Kulhwch sollicita l'aide d'Arthur pour aller demander à l'horrible géant la main de sa fille. Celui-ci les reçut à coups de flèches, mais le courage des deux héros le contraignit à les écouter. Ysbaddaden accepta de donner la main d'Olwen à Kulhwch, à la condition que celui-ci relevât une longue série de défis que le géant pensait impossibles : ensemencer la lande stérile, trouver le miel magique qui entre dans la composition de l'hydromel, ou encore délivrer le dieu Mabon, fils de la Terre, séquestré dans l'Autre Monde depuis sa naissance.

Comme souvent dans les mythes, ajouta Rowry en posant son verre sur la table sans le lâcher, ces épreuves, mises bout à bout, récapitulent le long chemin de l'humanité vers la civilisation.

Baya regardait fixement le visage du jardinier, qui gardait les yeux dans le lointain, les paupières plissées par la lumière.

– La dernière épreuve, ou si vous préférez le fleuron de la civilisation, consistait à récupérer le peigne et les ciseaux que le célèbre sanglier Twrch Trwyth portait fichés entre les oreilles. Or Twrch Trwyth n'était pas un sanglier comme les autres. Il était lui aussi gigantesque, et surtout extrêmement fort. Il était impossible à de simples humains de l'attraper. Mais Kulhwch, tout à son amour pour Olwen, ne douta pas de la victoire ; et Arthur accepta de mener cette chasse avec lui et l'aide du dieu Mabon, qu'ils avaient délivré du monde souterrain.

Avec toute leur suite, ils partirent à travers les forêts des Cornouailles et du pays de Galles pour débusquer Twrch Trwyth. Beaucoup des hommes d'Arthur perdirent la vie, tués par la bête féroce. La chasse se prolongea sur plusieurs îles, entre des montagnes, dans des vallées profondes ; une vaste traque, labyrinthique, jusqu'à épuisement de la bête. Finalement, Arthur parvint à pousser Twrch Trwyth dans une rivière, où le sanglier se noya. Le roi et son cousin purent récupérer le peigne et les ciseaux. Ils retournèrent les présenter au géant Ysbaddaden, qui se fit soigneusement raser et coiffer et dit : « Le moment est donc venu pour moi de mourir. » Alors, on lui trancha la gorge, et sa tête fut exposée sur le rempart de son château durant la nuit de noces de Kulhwch et Olwen, qui, dit le conte, ne se quittèrent plus jamais. Ainsi commence la civilisation des humains.

Il y eut un silence occupé par le bruit des cigales, désormais réveillées. Baya ne bougeait pas. Rowry finit son verre de citronnade, se leva et nettoya nonchalamment quelques feuilles mortes parmi les géraniums plantés dans une grosse jarre, non loin de la porte de la cuisine.

– Je reviendrai avec les dalles à la fin de la semaine. Bonne journée.

Et il partit. Baya n'avait pas bougé. Elle regarda le grand corps svelte du jardinier disparaître à l'angle de la maison, puis tourna le visage vers la baie, songeuse, passant lentement la main dans ses cheveux ébouriffés.

16

Paysage de ZAC : lent travelling, à travers la vitre légèrement fumée du quatre-quatre urbain, sur des parkings et des enseignes, avec des accélérations et décélérations progressives entre chaque rond-point. Pas de piétons hormis devant les portes coulissantes de chaque boutique, au loin, de l'autre côté des parkings – silhouettes indistinctes. Ici au milieu, les vivants devenus automobiles, être clignotant, être rétrogradation, être cédez-le-passage. Sud Soleil n'est que le chef-lieu d'une contrée entière, plane et non humaine, faite de hangars et de voies d'accès, de parkings et de zones de déchargement. Jean connaît la route, sait quand il doit changer de voie, accélérer. Il ne regarde pas vraiment. Il doit passer chez un fournisseur, dont le local se situe aux marches de la ZAC, non loin des voies de chemin de fer qui marquent la limite avec la ville proprement dite, celle où des gens vivent, habitent, se déplacent à pied.

Son étrange coup de stress à Sud Soleil lui a laissé l'esprit vague. Il écoute de la musique très fort dans le SUV. Il a mis PNL, ce qui est toujours signe, chez lui, d'un besoin latent de s'extraire ou d'une grande fatigue (ce qui est éventuellement la même chose). *Frontière Empire* est un album où, rompant avec leur posture historique d'isolement, les deux frères ont convoqué le ban et l'arrière-ban du rap francophone. Même Booba, muré dans le silence depuis plusieurs années, a accepté de poser un couplet. Sous ce patronage, les barons du game sont tous présents, depuis Damso et SCH jusqu'à Wit, Kekra et Flenn. Le résultat est un seul long morceau d'une cinquantaine de minutes. Certaines plages sont presque dépourvues de musique, les mots seuls assurant la ligne rythmique ; à l'inverse, d'autres moments s'ouvrent de façon quasi symphonique, multipliant les effets sonores, les bruitages et les thèmes.

Ronds-points, enseignes, feux tricolores, c'est la civilisation. L'album raconte une longue histoire décousue de conquêtes et de batailles, pleine de duels et de courses-poursuites, de fortune et de férocité. Il n'y a pas de lois, il y a des codes. Il n'y a pas d'amour, il y a du sang. Les triomphes sont des chants de guerre, l'argent coule à flots, les armes s'échangent, et la langue sonne comme un cri de ralliement sauvage et pourtant extrêmement raffiné. Jean connaît les paroles par cœur, mais là il ne les écoute pas vraiment. Il se laisse porter par les rythmiques. L'ordinateur de bord affiche la pochette de l'album, citation postapocalyptique du *triello* final de Sergio Leone, trois silhouettes cagoulées en triangle et en ligne de mire, dans un espace circulaire, goudronné et désert, avec des grands immeubles sombres en guise d'horizon.

Mouvements parfaitement chorégraphiés des véhicules, travelling régulier sur bande-son féroce. On ne risque pas de voir passer des sangliers par ici. Est-ce qu'on pense quand on écoute de la musique ? Les mêmes images furtives passent à la lisière de son champ de vision, la femme et Baya dans la cuisine, quel était le rythme alors de leurs mouvements, il voit leurs peaux d'une façon trop précise, cela se mêle à ses souvenirs du dimanche, honte vague et sans objet, il rétrograde en seconde, s'insère en douceur dans le flot tournant d'un giratoire. Les sons électroniques peuplent un champ de bataille ; un incongru passage piéton, rehaussé et signalé cinquante mètres en amont comme un événement, induit un nouveau ralentissement et passage de rapports. Comment s'appelait-elle, cette fille qu'il a pourchassée dans ce qui lui semble être une autre vie et qui pourtant est la sienne ? à nouveau un peu de honte, mais il ne sait pas très bien de quoi et d'ailleurs c'est déjà passé, le chant parle de bolides et de vitesse, il jette un coup d'œil dans le rétroviseur latéral au moment de tourner. Ce dos, comme parcouru de frémissements dans le soleil oblique. Il conduit d'une main, tout est facile, tout se passe bien. Il a moins peur.

La zone industrielle où se situe le local du fournisseur est moins rutilante que la partie dédiée au commerce de détail. Les panneaux sont plus anciens, les bords de route abîmés, les peintures délavées par le soleil. L'album chante l'argent et les produits à vendre, dans cet espace sans lois tout est territoire, les zones pacifiées sont précaires, la solidarité inconditionnelle. Elle avait un nom bref, une syllabe ; impossible de se le rappeler. Les parkings sont des cours goudronnées aux entrées vastes, zones de manœuvre parfois seulement revêtues de gravier. Ici on est dans la fabrique, dans le transitoire : des objets qui ne signifient rien pour le commun des mortels, tuyaux, câbles, matériaux bruts, tout ce dont la civilisation a secrètement besoin pour s'assembler et se tenir droite, dont les éléments de climatiseurs et ventilations – et cela donne cet espace interlope, construit mais non tenu, utile et désolé. Les punchlines s'enchaînent parfaitement. Voilà, Jean reprend ses esprits. C'est fou comme le langage bien travaillé, les mots frottés les uns aux autres jusqu'à épouser parfaitement les contours du rythme, ont des vertus apaisantes.

Il se gare en marche avant, tâchant d'attraper le ruban d'ombre que fait le hangar sur le bitume. Il coupe le moteur, la musique se tait. Avant de descendre, il envoie un SMS à Baya, un mot doux, juste pour s'assurer que. Juste pour affirmer que. Revenir dans le présent, silence, travail, amour conjugal.

Bien sûr que tout va bien se passer.

17

Nonobstant la chaleur, Baya était partie courir. Elle avait tout un équipement dédié à la course à pied : des vêtements de fibres diverses, adaptés aux différentes saisons, respirants ou gardant la chaleur quand il le fallait, où il le fallait ; des chaussures dont la semelle et la tige épousaient parfaitement ses appuis, absorbaient les chocs en cas de revêtement dur, tout en garantissant une adhérence maximale aux sols accidentés, par exemple dans les chemins ; un petit sac à dos dont les armatures s'ajustaient à sa morphologie autant qu'à ses gestes et qui contenait une poche sous vide permettant de transporter de l'eau, qu'elle buvait à l'aide d'un tuyau translucide ingénieusement fixé le long d'une des bretelles. Une fois par an environ, elle se rendait dans un magasin spécialisé de Sud Soleil et renouvelait entièrement cet équipement, de façon à le maintenir dans une efficacité que l'usure n'entamait pas. Elle suivait alors les conseils avisés d'un vendeur formé spécialement pour connaître la course à pied, cette allure spécifiquement humaine développée pour et par la chasse.

Il l'aidait aussi à allier le meilleur de la technologie avec une certaine esthétique, que Baya ne négligeait pas. Elle était donc vêtue d'un short en microfibre rose fluo et d'un débardeur blanc orné de bandes fluo elles aussi, mais jaunes ; entre le débardeur et le sac à dos, la sueur formait un espace moite qui semblait fusionner les accessoires avec sa peau en une version supérieure d'elle-même. Son souffle avait trouvé un rythme régulier après l'effort initial de l'ascension vers la cime de la colline, dont la forêt de chênes verts lui avait offert une ombre bienvenue. En courant dans les sentiers du bois, elle guettait du coin de l'œil d'éventuels mouvements, regrettant seulement que le bruit de sa respiration l'empêche de tendre l'oreille ; ils devaient être là. Il fallait bien qu'ils passent la journée quelque part. Mais elle ne vit rien.

Elle songea un moment aux forêts des Cornouailles, qu'elle imaginait humides, fraîches, sentant la pourriture végétale. Elle repensa à cette lointaine période où elle était jeune fille au pair ; elle trouva l'image d'elle-même alors naïve, mais attirante. Les quelques années qui avaient séparé ce séjour de la rencontre de Jean lui paraissaient floues, et elle n'en gardait que peu de souvenirs. L'image suivante qui s'imposait à son esprit lorsqu'elle convoquait cette période était directement celle de leur mariage, célébré dans la salle des fêtes de la coquette banlieue lyonnaise où habitaient les parents de Baya : une salle spacieuse jouxtant la mairie IIIe République, non loin de l'église. Le bourg s'arrêtait là, après une rue ancienne où un salon de coiffure et un kinésithérapeute avaient encore enseigne. Autour c'étaient des lotissements, dont celui où habitait la famille.

Le préposé à l'état civil avait été bref et chaleureux, même si on voyait bien qu'il se demandait quel était cet olibrius qui tenait lieu de promis, venu tout seul avec deux garçons un peu m'as-tu-vu, dans une sacrée bagnole. Livret de famille des plus succincts, profession : autoentrepreneur, on avait vu mieux. Mais si on demandait l'avis du préposé, il inspirait confiance. Personne ne le lui demandait, d'ailleurs ; les parents de la mariée, qu'il avait toujours vus sans jamais les connaître, assistaient à la cérémonie avec une mine débonnaire. Les témoins de la mariée étaient moins jolies qu'elle. Le reste de l'assemblée était des jeunes gens joyeux et des filles bien apprêtées, juristes sans doute comme Baya. Ça avait été expédié vite fait bien fait.

Le père de Baya n'avait pas formulé d'objection au choix de sa fille ; celle-ci pourtant avait envisagé diverses complications, le considérant à part soi comme un genre de patriarche, alors même qu'il l'avait toujours élevée dans la plus complète indifférence aux anciennes traditions kabyles, dont il avait semblait-il refusé d'être le dépositaire en France, où il était arrivé à dix-huit ans. Il était fier qu'elle fasse des études, parte à l'étranger, vive une vie de femme moderne. Jean n'était pas, pensait-elle, le prototype du gendre qu'il imaginait; mais elle l'avait vu rigoler avec lui, plus tard, durant la soirée de noces, alors qu'elle dansait sur Madonna avec ses copines ivres : elle s'était dit que c'était OK. Aujourd'hui elle ressentait, à cette image, un léger malaise.

Elle déboucha, à la lisière de la forêt, du côté de l'amphithéâtre de vigne des Saint-Natuche, qui constituait un but implicite de son parcours. Il s'agissait d'un vaste demi-cercle de restanques à flanc de colline, ouvert sur la mer. En arrivant comme Baya depuis la forêt, l'œil embrassait l'ensemble des terrasses plantées de vigne, l'horizon bleu entre les reliefs arborés, la bastide nichée au creux de l'amphithéâtre. C'était un très beau site. Lors de leur découverte de la colline, Jean et Baya avaient admiré cela comme une œuvre de la nature. Ils avaient appris par la suite que la majeure partie de l'amphithéâtre était en fait le fruit de deux ans de terrassement au bulldozer par les propriétaires du domaine, deux aristocrates venus du Bordelais dans les années quatre-vingt du dernier siècle, qui avaient déboisé huit hectares pour arriver à ce résultat et quadrupler du même coup leur production. C'était un très bon vin, d'ailleurs. Jean et Baya en achetaient une caisse par an, pour les cadeaux chics. Le reste du temps ils préféraient le petit gris du chemin des Roquettes.

Baya s'arrêta, téta sa gourde high-tech en reprenant son souffle et chercha du regard la silhouette de la patronne. Elle agita les bras quand elle l'aperçut, occupée à arroser un massif d'hortensias devant la bastide, et descendit à petites foulées par le chemin serpentant le long des vignes.

– Alors, on court ? demanda dans un grand sourire Bénédicte de Saint-Natuche, l'héritière du domaine.

– Oui, malgré la chaleur ! dit Baya en lui rendant son sourire, et elle admira les hortensias.

Après quelques phrases également inintéressantes, elle rappela à la viticultrice le conseil municipal du lendemain. Celle-ci souhaitait-elle se joindre à la démarche de Baya, et faire valoir l'importance d'une action forte et déterminée de la part des élus ?

– Mmmh, mmmh, ponctuait Bénédicte de Saint-Natuche en l'écoutant.

Baya essuya du dos de la main la sueur qui lui coulait sur le front, et attendit une réponse, toujours souriante. Celle-ci ne vint pas.

– Il faut que je voie, finit par dire la vigneronne, qui elle ne transpirait pas.

– Bien sûr ! approuva Baya comme si c'était une information particulièrement réjouissante. Bon, je vais reprendre ma course !

– Formidable ! Je vous téléphone !

Elles se gratifièrent mutuellement d'un sourire radieux en agitant la main au-dessus de leur tête, à deux mètres l'une de l'autre. Baya se remit à courir, dépitée. La perspective de rentrer, et de risquer de croiser Jean qui avait l'air de ne pas vouloir rester au bureau cette semaine, la convainquit de prolonger son parcours en redescendant au pied de la colline. Une deuxième ascension, en fin de parcours, permettrait peut-être d'annihiler la sourde nervosité qu'elle sentait en elle depuis le récit de Rowry, et que le dialogue précédent avait ravivée. Peut-être bien même depuis le dimanche précédent, même si elle n'avait pas envie d'y penser.

En arrivant au bas de la route, elle n'avait presque plus d'eau. Elle courut sur les premières déclivités mais dut se résoudre à finir en marchant, aspirant un air tellement chaud qu'il lui semblait de feu. Elle n'avait pas envie de rentrer, décidément. Elle se sentait épuisée par la course et découragée. Cerise sur le gâteau, les chiens des Moutte se mirent à gueuler comme des damnés à son passage, lui faisant faire un bond de côté.

– La ferme ! cria une voix forte.

C'était le fils Moutte qui s'affairait près de son quad, un fusil à la main. Baya s'arrêta, interdite.

– Les sangliers. Ça les rend nerveux, dit le gros homme sans la regarder. C'était néanmoins la première fois qu'il lui adressait une phrase. Vos gueules ! ajouta-t-il en parlant aux chiens.

– Ah, ils descendent chez vous aussi ? demanda-t-elle, oubliant l'arme qu'il tenait négligemment par le milieu du canon.

L'énorme garçon émit un mélange de ricanement et de sifflement entre ses dents.

– Eh, dit-il, en tendant sa main libre vers les champs en contrebas. Sales bêtes.

Baya s'enhardit en reconnaissant l'expression qu'elle employait elle-même pour parler des porcs sauvages.

– Je vais aller au conseil municipal demain, justement à ce propos, si vous voulez venir, débita-t-elle d'un trait, et s'étonnant, en même temps que ses mots résonnaient à ses oreilles, d'être en train de les prononcer. Après tout, c'était la première fois qu'elle envisageait un Moutte comme un interlocuteur possible.

Cette fois, Moutte le jeune se mit à rire, un rire gras de gorge, et il la regarda des pieds à la tête. C'était assez gênant. Cependant, Baya soutint son regard, décidée à ne pas se dégonfler de sa drôle d'impulsion.

– Pour en parler au maire, reprit-elle.

Moutte rit de plus belle, sans que son visage marque l'hilarité. Puis il secoua la tête et regarda son fusil au bout de sa pogne, semblant s'en souvenir. « Le maire ! »

Dans un dernier « ha ha », il haussa ses énormes épaules et lui tourna le dos, remontant parmi le désordre du jardin vers l'endroit où se trouvait la maison, dissimulée derrière une haie ensauvagée.

Baya se résolut à rentrer, chassant de son esprit les images du dimanche précédent.

18

Ils s'étaient réveillés tôt, pour un dimanche. Le rai de soleil filtrant dans l'interstice au-dessus du volet plein, peint en bleu, qui fermait la fenêtre large et basse de leur chambre, n'atteignait pas encore le dossier de la chaise à rembours adossée au chambranle de la salle de bains attenante, sur laquelle Baya quittait chemisiers et tee-shirts. C'est elle qui s'était tournée vers lui la première ; il avait ouvert les yeux en sentant son mouvement et son regard. Il avait refermé les yeux. Il avait passé le bras autour d'elle. La tendresse était arrivée. Baya avait posé un baiser sur la joue de Jean. Il s'était blotti un peu. La tendresse était repartie.

Cherchant à se rappeler la dernière fois où elle s'était levée la première, Baya avait lancé la cafetière et était partie vers la piscine. C'était toujours lorsque Jean se faisait du souci. Elle avait posé les pieds sur la terre ratissée par Rowry, attendant son dallage. Elle était entrée dans l'eau nue, avait nagé un peu, était ressortie. Plus tard Jean lui avait apporté une tasse de café. Elle était restée les yeux dans le vide du paysage étendu à ses pieds, dans la chaleur montant par degrés et le cri multiple des cigales. Le rectangle formé par la piscine, peut-être par contraste avec la boue avoisinante, lui semblait d'un bleu totalement irréel, radioactif. Ensuite elle feuilleta *Civilisation Mag*, que lui avait laissé Magali, son regard glissant sur les photographies comme ses doigts sur le papier glacé. Elle eut l'impression de ne penser à rien.

Jean s'était rendu dans la petite chambre qui lui servait de bureau. Il avait relancé la recherche sur le Sablier dans Google Actus, puis sur Twitter. Il s'était demandé s'il avait bien fait d'apporter du café à Baya, si elle n'aurait pas préféré rester seule, si elle ne cherchait pas justement à s'isoler en mettant la cafetière en route sans attendre le café. À côté de l'ordinateur, sur le bureau – un plateau de pin posé sur deux tréteaux d'acier rouge – il avait déroulé les plans des réseaux de Sud Soleil. Il ne savait pas ce qu'il cherchait.

Longtemps après, Baya avait toqué doucement à la porte. Elle était venue près de lui, avait regardé le plan par-dessus son épaule. Elle faisait attention à ne pas aller trop vite, craignant de le brusquer, craignant d'être brusque. Il avait semblé à Jean entendre un genre de détonation, loin dans la vallée où le soleil avait déjà réduit, effacé puis fait renaître les ombres des cyprès. Elle avait caressé sa nuque du bout du doigt.

Il avait levé le regard vers elle. Dans ses yeux il vit une question. Dans ses yeux elle vit une question. Nul ne savait laquelle.

Jean posa la main sur le ventre de Baya, au niveau de son propre visage. Dans les regards les interrogations devinrent floues. Jean fit glisser sa paume vers le pubis de Baya, où il la stoppa, donnant à l'os bombé une légère pression. Baya toucha sa joue, sa bouche. Les doigts de Jean jouèrent un instant avec le bouton qui fermait le short de Baya.

Leurs regards restaient fixés l'un à l'autre. L'écran de l'ordinateur s'était mis en veille.

Baya fronça les sourcils. Alors Jean se leva. Ils s'embrassèrent à pleine bouche, leurs corps se collant l'un contre l'autre, leurs bras s'agitant, leurs mains se croisant, se serrant et se desserrant, leurs souffles discontinués par la joute de leurs nez, de leurs bouches. Baya glissa la main dans le boxer de coton, attrapa la verge dure de Jean, la serra dans son poing. Jean renversa Baya sur les lignes compliquées des cartes souterraines, agrippant son sein gauche ; et elle ondulait des hanches, son sexe mouillé trouvant et perdant celui de Jean. Elle se glissa sur lui dans un râle bref. Il grogna.

Elle sentit la sueur perler sur ses tempes.

Ils remuèrent ensemble puis Jean accéléra et Baya cria. Jean avait la mâchoire serrée. Il ressortit d'elle, son pouls battant dans ses oreilles en une sourde rythmique, et la fit pivoter brutalement ; elle posa les pieds au sol et colla les fesses contre lui. Il lui attrapa l'épaule, glissa entre ses jambes vers son sexe. Elle gémit et crispa les doigts, chiffonnant les grandes feuilles de papier où ses yeux enregistraient des indications ponctuées de flèches. Il la pénétra plus vite, il entendit la voix métamorphosée de Baya venir de plus loin, de plus profond que précédemment, comme si les sons et les images se répondaient tout en provenant de sources différentes. Il voyait leurs deux sexes danser ensemble, il voyait les constellations de grains de beauté se mouvoir sur le roulement des muscles du dos de Baya.

Alors il sentit monter en lui une étrange colère. Sa main remonta le long des vertèbres et il empoigna les cheveux, s'emmêla les doigts dedans, tira brutalement vers lui, courbant la nuque. Baya eut un cri bref de douleur alors que ses cheveux se détachaient. Elle hurla de rage. Elle se cambra, tourna le visage face à la lumière du soleil qui entrait maintenant à flots, brûlant, et sa voix se perdit dans un râle. Jean se mit à gronder, puis à crier. Il rugit. Elle rugit.

Ils étaient restés pantelants pendant quelques instants qui furent peut-être quelques minutes, sans se faire face, sans dire un mot. Puis Baya avait bougé, Jean s'était dégagé. Elle n'avait pas regardé vers lui. Elle était sortie de la pièce après l'avoir embrassé rapidement. Il était resté à moitié assis sur le bureau en désordre, le regard dans le vague, il avait bu à la bouteille déjà tiède, s'était demandé ce qui se passait. Elle était allée à la salle de bains, avait bu au robinet, s'était demandé ce qui se passait.

Du plat de la main, Jean avait tenté de lisser les vastes plans froissés.

19

Sous les drapeaux, la tête de cyborg croisé imbécile heureux du président de l'Union souriait dans son cadre. On était jeudi. Il faisait une chaleur littéralement suffocante.

Baya était assise sur une des chaises en plastique disposées autour de la table ovale où siégeaient les élus, et, comme elle se l'était formulé pour elle-même un peu plus tôt dans la journée, se sentait remontée comme un coucou. Ça ne passait pas, cette humeur. Jean n'avait pas voulu l'accompagner, elle le prenait mal. Venant de lui, elle prenait à peu près tout mal depuis le début de la semaine. La veille encore il l'avait bassinée avec ces histoires de trafic d'armes qui transiteraient par Liguria ; comme s'ils n'avaient pas de problèmes plus urgents, avait-elle pensé avant de passer dans la cuisine, où elle avait débité un carré de bœuf avec un des grands couteaux. Le sang clair coulait dans la rigole de la planche à découper. Pourtant, elle sentait bien qu'il était aussi préoccupé qu'elle par les sangliers : dès qu'ils sortaient de la maison, elle le voyait tendre l'oreille, à l'affût. Mais il s'était obsédé avec cette affaire de règlement de comptes, quand il ne s'enfermait pas tout simplement avec ses plans de ventilation. Il y avait quelque chose que Baya ne saisissait pas dans le comportement de son époux et qui l'agaçait. D'autant plus qu'il lui semblait, à elle, qu'il aurait dû venir ici sur ces chaises inconfortables, avec elle, faire front avec elle, puisque personne ne l'avait accompagnée – autre sujet de colère.

Elle jeta un coup d'œil à l'horloge de son smartphone. Il y avait plus d'une heure que la séance était ouverte. On avait rallongé le budget de la caisse des écoles et alloué la salle des fêtes à quatre mariages et un loto des seniors. On avait ensuite voté un demi-poste de peintre en bâtiment pour une durée de huit mois. On s'ennuyait à cent sous de l'heure. La commune faisait partie d'un regroupement qui s'occupait désormais des choses plus importantes – ce qui n'était pas pour déplaire au maire, qui finissait pépouze son quatrième mandat en se gardant bien de faire des vagues.

Classé sans étiquette, il était d'une vieille famille locale qui avait longtemps tiré sa fortune de ses nombreuses fermes et domaines en Ligurie. Dans les dernières décennies du XXe siècle, son père avait eu la riche idée de lotir la plupart des terres agricoles qu'il possédait sur la plaine côtière, de les viabiliser et de les bâtir de petits pavillons ou d'immeubles de deux étages, tous badigeonnés du même crépi orangé censé évoquer la Ligurie pittoresque des vieilles affiches de chemin de fer, et habilement environnés de fort commodes parkings. Les logements s'étaient vendus comme des petits pains. Pour parachever l'opération, l'héritier était devenu le gendre du notaire local.

Lorsque son prédécesseur à la mairie, négociant viticole d'une exceptionnelle longévité, avait enfin passé l'arme à gauche, il s'était fait élire sur la foi de ses bonnes relations avec tout ce que la côte comptait d'agents immobiliers, de promoteurs et de paysans enrichis. Naturellement, cela lui avait attiré quelques affaires de pots-de-vin soldées par des amendes légères. Longtemps il prit cela avec une confiance paisible. Mais deux ans plus tôt, un groupe d'habitants convertis à l'écologie l'avait attaqué au tribunal administratif, pour un plan d'urbanisme non conforme aux règles de protection de la nature. Baya avait suivi l'affaire, qui servait de modèle dans ses conseils à d'autres collectivités désireuses d'augmenter leurs terres constructibles : elle leur disait, en substance, qui s'y frotte s'y pique. Elle, elle n'avait alors aucun avis sur la question. Elle n'était pas spécialement sensible aux causes écologiques, elle cherchait la conciliation d'intérêts divergents. C'était avant.

En tout état de cause, ce fut une sale période pour l'édile. Le document avait été retoqué et cela lui avait attiré des inimitiés parmi ses anciens soutiens, qui comptaient sur lui pour pouvoir couler des piscines dans ce qui subsistait encore de garrigues et de forêt sur les terres communales. Désormais, Monsieur le maire évitait donc soigneusement d'agir. Ça tombait bien : les dernières réformes administratives et fiscales de l'Union avaient privé la Ligurie comme les autres régions d'une bonne part de leur capacité d'action. En public, il le déplorait, mais se félicitait in petto de ne plus avoir la main sur les dossiers importants. Il restait là pour le plaisir, disait-il, et se contentait de siéger à la communauté de communes comme adjoint aux loisirs et fêtes, ce qui en faisait l'interlocuteur incontournable de tous les boulistes, DJ de plage et autre miss Ligurie que comptait le périmètre. D'ailleurs, en dépit de son teint perpétuellement bronzé, de sa soyeuse chevelure d'un poivre et sel de magazine et de ses chemises immaculées ouvertes au col, il s'empâtait légèrement. Mais bon, eh : il avait soixante ans bien sonnés ; et s'il continuait à couler de câlins regards à quiconque portait une paire de seins, c'était presque davantage pour honorer la tradition (c'était un homme qui se targuait de préserver les traditions) que pour réveiller la jalousie de son épouse, qui d'ailleurs n'en avait rien à faire, s'étant consolée depuis fort longtemps avec le directeur de la salle de fitness sise à l'entrée sud de Liguria. Du moins c'est ce que racontait la rumeur.

Baya le trouvait tout à fait antipathique, dans le genre fat. Il était arrivé au conseil en donnant de fraternelles tapes sur les hanches de ses adjoints, qu'il appelait « mes poussins ». Il lui avait personnellement adressé un sourire appuyé, avant de la qualifier de brillante citoyenne en ouvrant la séance, avec un air mystérieusement entendu. Les dents inconsciemment serrées, elle attendait le moment où elle pourrait prendre la parole. Elle avait déjà eu le temps de dévisager chacun des conseillers municipaux, tous faussement attentifs, tous fiérots de se retrouver autour de cette table, sous les drapeaux made in China. Elle en connaissait certains de vue ; aucun ne lui semblait à même de décider quoi que ce fût : gentils retraités un peu gras, femmes mises en plis, hommes dégarnis, ainsi qu'une quinquagénaire habillée en hippie qui prenait la parole à tout bout de champ, pour ne rien dire du tout. C'était donc ça, la politique. Plus le temps passait, plus Baya sentait qu'elle s'était trompée d'adresse. Le rire du fils Moutte, carabine au poing, résonnait à ses oreilles.

Enfin, le maire lui décocha un clin d'œil (ben tiens, pensa-t-elle) en annonçant qu'on passait maintenant aux sujets divers et que madame ici présente avait certainement quelque chose à dire.

– Ah oui ! dit la hippie.

D'un bloc, les élus tournèrent vers elle un même regard de bienveillance appuyée, qui se voulait encourageant, teinté de tous les lieux communs possibles sur l'engagement citoyen et l'écoute respectueuse de tous dans le vivre-ensemble, et qui la désespéra d'avance par son intersidéral silence.

20

Jean avait déposé Baya devant la mairie, mais n'avait pas voulu l'accompagner au conseil municipal. Il avait prétexté devoir relire ses notes pour son rendez-vous du lendemain à Sud Soleil ; en réalité c'était surtout qu'il n'avait jamais aimé ce qu'il appelait, au sens large, la politique. Ce n'était pas pour lui, ces histoires de majorité, de minorité, de délibérations. Il avait dit que cela lui serait bénéfique de sortir de la villa, et c'est pourquoi il l'avait emmenée en voiture ; aussi, parce qu'il avait pensé que ce serait sympa de sa part. Il ne savait plus trop.

Il l'attendait donc dans la Saab, ayant reculé le siège et étendu ses jambes sous le volant. Il avait zappé les stations de la bande FM jusqu'à tomber sur une chaîne musicale qui diffusait de l'ambient lo-fi. Les sons emplissaient l'habitacle. Mondkopf, indiquait l'écran à cristaux liquides de l'autoradio. C'était bien, apaisant, peut-être totalement morbide : il n'était pas sûr. Le soleil s'était couché, mais le macadam continuait à diffuser la chaleur brûlante de la journée et Jean sentait son dos coller au cuir du dossier, à travers son tee-shirt. Il n'y avait pas un souffle d'air. Jean était à la fois calme, presque lent, et incapable de se concentrer sur quoi que ce soit. Il regardait, à travers le pare-brise, la nuit rendue plus noire par le réverbère accroché à la première maison du bourg, bordant le petit parking où il était garé, qui envoyait son halo jaune sur les pierres de la façade, et sur la rue montant en courbe vers le sommet de la colline où était juché le village.

– Tiens, c'est marrant, avait-il dit à Baya la veille au soir, en feuilletant à son tour *Civilisation Mag*, tu savais, toi, que les villages perchés étaient typiques des Ligures ?

Depuis deux ou trois jours, elle portait les cheveux lissés en arrière par de la cire. Cette coiffure froide mettait en valeur son front droit, ses sourcils noirs, son profil un peu dédaigneux de Berbère. Elle était très belle, et il ressentait en le constatant quelque chose de presque honteux qu'il n'arrivait pas à s'expliquer. Toutes leurs conversations se cassaient la figure. Elle avait répondu « mmmm » sans lever les yeux du carnet d'adresses de son téléphone, où elle cherchait qui convier au conseil municipal. Jean avait allumé le sien et s'était replongé dans l'affaire du Sablier. Une saisie de quelques armes de petit calibre avait eu lieu dans un appartement vide. La police restait discrète sur leur origine. La police, Jean le savait, n'aimait pas que les camps se mélangent : aux flics les armes, aux délinquants la violence. Quand les choses s'inversaient, elle devenait subitement évasive. Bon.

Il coupa la musique, sortit de la Saab et s'alluma une Gitane. Le silence était à peu près complet. Il fit quelques pas sur le parking et s'approcha du belvédère qui le fermait d'une grille en fer à hauteur de buste. Cette colline donnait du côté des terres, et non vers la baie comme chez eux. En contrebas, de l'autoroute qui menait à Liguria, s'élançait par moments le cri d'un moteur lancé à toute vitesse, dans un bref passage de phares. De part et d'autre des glissières, les vignes, les champs d'oliviers et les mas parsemaient le lit de la vallée, puis s'étageaient en terrasses sur le flanc de la colline, baignés dans la blancheur obscure du premier quartier de lune. Jean tira une bouffée de tabac, écoutant dans le silence le crépitement de la braise.

Des pas légers se firent entendre dans l'ombre sous le belvédère, là où montait l'escalier de pierre qui menait au village depuis les champs. Jean ne vit d'abord rien, puis une épaisse masse de cheveux relevés en chignon, dégageant une nuque aussitôt reconnue par un coup sourd dans le diaphragme qu'il n'eut pas le temps d'interroger.

– Bonsoir, dit-il.

– Bonsoir, répondit la femme. Elle ne semblait pas surprise de le croiser, mais elle marqua un arrêt en haut des marches, à deux mètres de lui ; il pouvait entendre sa respiration légèrement accélérée par l'effort.

Ils restèrent face à face quelques secondes.

– Vous allez bien ? demanda Jean pour dire quelque chose.

La femme opina, sans sourire ni retourner la question. Elle tourna son regard vif vers la vallée, inspectant rapidement le paysage. Jean se tourna aussi et tira une nouvelle bouffée de cigarette face à la nuit. À l'évidence, la conversation était terminée. Son diaphragme ne s'était pas détendu.

Il jeta un coup d'œil vers elle. Elle le regardait, le visage éclairé par le réverbère derrière lui, les yeux fixes et brillants. Il rendit ce regard plus qu'il ne le soutint, trouvant soudain à ce visage quelque chose de viril qu'il n'y avait pas remarqué auparavant.

– Bonne soirée, dit-elle de sa voix basse, et elle partit vers la rue.

Jean, toujours un peu hébété, fit quelques pas derrière elle, son mégot se consumant au bout de ses doigts sans qu'il y prît garde. Lorsqu'il arriva à son tour à l'entrée de la rue, il la vit, déjà lointaine, marcher d'un pas rapide et calme. Une silhouette longue et mince se détacha de l'embrasure d'une porte. L'homme vint à la rencontre de la femme et Jean crut reconnaître, dans l'éclairage intermittent des réverbères, le corps svelte et mince, les traits taillés à la serpe, des yeux dans l'ombre. La femme leva la tête vers lui et, sans qu'ils se touchent, ils reprirent la marche côte à côte, disparaissant bientôt à l'angle d'une maison. Il émit un petit son bref, écrasa son mégot contre un mur, le jeta dans la poubelle plantée au coin du parking et retourna vers la Saab. Il remit le contact. Mondkopf reprit, maintenant sur un rythme plus soutenu.

Plus tard, des bruits de conversation le tirèrent de sa rêverie. Le conseil municipal était terminé et quelques personnes descendaient la rue. Dans le rétroviseur, Jean reconnut Baya qui se détacha du groupe à hauteur de la voiture en adressant un salut de la main. Il coupa la musique, elle ouvrit la portière et s'assit avec un petit soupir, repliant sous la boîte à gants ses jambes lisses, ses pieds chaussés de sandales à talons. L'odeur de son parfum envahit l'habitacle. Jean pensa à lui glisser une caresse sur la joue seulement après avoir allumé le moteur et manœuvré sur le parking. Elle semblait tout aussi absente que lui. Tout était étrange. Ils sortirent du bourg, Jean passa les rapports et ils se retrouvèrent sur la petite route que les pleins phares semblaient faire apparaître devant eux au fur et à mesure qu'ils avançaient.

– Alors ? demanda finalement Jean.

– Alors rien, répondit Baya d'une voix éteinte. Le maire m'a dit qu'il fallait que je contacte un conseiller municipal pour faire inscrire la question à l'ordre du jour. Que ça ne servait à rien de venir comme ça. Qu'on ne faisait pas ce qu'on voulait. Que de toute façon c'était du ressort de la préfecture. Tu parles, il voulait surtout ne rien foutre.

Elle soupira, le silence revint, à peine troublé par le grondement doux et précis du moteur. Il ne pensa pas à répondre. Il entendait encore Mondkopf dans sa tête, diffus. Après un moment, il dit qu'il avait vu la femme et Rowry partir ensemble.

– Quoi ? rétorqua vivement Baya, d'une voix devenue étonnamment forte.

Il n'avait parlé que par un genre d'habitude machinale due à leur longue intimité, sans penser susciter une quelconque réaction. Il jeta un coup d'œil sur le visage de sa femme plongé dans la pénombre, et confirma.

– Tu as dû te tromper.

Il fut surpris du ton presque cassant avec lequel elle avait répondu.

– Je ne crois pas, non.

– Enfin, Rowry habite à quarante bornes d'ici, de l'autre côté de Liguria, que veux-tu qu'il vienne faire au bourg ? Et elle, elle n'a aucune raison d'être là.

– Je te dis que je me suis trouvé nez à nez avec elle. Je suis pas fou.

– Oh ! ça va ! rétorqua Baya, manifestement en colère.

Jean prit le parti de se taire. Ils en parleraient à la maison : il valait mieux attendre qu'elle se calme. Oui, certainement, elle allait se calmer. Il constata d'une part qu'il s'en foutait éperdument, d'autre part qu'il était énervé.

Il s'arrêta au stop où il fallait tourner pour rejoindre leur colline. Dans le pré qui leur faisait face, étendu sous la lumière de la lune et s'inclinant en pente douce jusqu'au début de la colline, il vit distinctement passer, au petit trot, gambadant presque, un groupe de sangliers qui longeaient l'orée du bois, en direction du bourg.

III

PARADES/TRAQUES

21

Le week-end, la tension retomba grâce à une excursion culturelle. Ils prirent la Saab et l'autoroute jusqu'à un site préhistorique situé dans la partie la plus montagneuse de la Ligurie, pas très loin de l'ancienne frontière nationale, dont les panneaux bilingues à la couronne d'étoiles se délavaient tranquillement sur les talus. Quelques années plus tôt encore, cette frontière était chaque jour traversée par des dizaines d'humains à pied qui cherchaient refuge ; à l'époque, Baya avait fait partie de comités de soutien juridique pour ceux qui leur portaient assistance, en dépit des lois scélérates et de la répression policière en vigueur. Jean, s'en souvenant sur le siège passager, ressentit la même fierté qu'alors d'être le compagnon d'une personne dont le sens de la justice était aussi intransigeant.

La Saab ronronnait à cent-trente à l'heure dans une alternance de tunnels, obscurs éclairs, et d'audacieux viaducs qui enjambaient des vallées plongeant comme des gorges jusqu'au rivage, cent mètres plus bas. Les moins escarpées de ces vallées abritaient des stations balnéaires de luxe, mais la plupart étaient vides hormis des serres étagées en terrasses et, parfois, un vieux corps de ferme ou une petite église accrochés à la pente. Ils bifurquèrent à la sortie 23 ; le moteur chantonna doucement sur la bretelle ; ils suivirent les panneaux marronnasses qui indiquaient le site. Baya, en dépit de ses habitudes, conduisait très calmement.

Ici, la Ligurie était plus sauvage – hautes montagnes, vallées profondes, peu de routes, peu de villages. Bien sûr avec les siècles cela avait été aménagé : il y avait des bornes sur le bord de la chaussée, des glissières dans les virages, et même quelques très petits ronds-points aux entrées des rares bourgs. Mais on sentait, jusqu'à l'intérieur du confortable habitacle, que l'air devenait plus piquant.

Là-haut, sur les parois rocheuses d'un ancien glacier, des milliers de gravures avaient été pratiquées au cours des millénaires précédant la civilisation telle qu'on la connaissait, à coups de cailloux pour la plupart. C'était un endroit célèbre, mais Jean et Baya ne l'avaient encore jamais visité ; la réouverture des lieux après deux ans de travaux de revalorisation, selon l'expression consacrée, leur en donnait à présent l'occasion.

Baya se gara, un peu au hasard, sur le parking D. Ils prirent leurs coupe-vent dans le coffre de l'auto, des bouteilles d'eau, des casquettes. Ils portaient des chaussures de marche en toile. Quelques nuages blancs s'effilochaient dans le ciel matinal. Sous le vent frais des cimes, ils gravirent la gigantesque surface dévolue au stationnement. La saison touristique n'étant pas encore vraiment commencée, le parking, quasiment vide, avait quelque chose de démesuré.

On avait fait appel à un architecte international pour le nouveau musée-cafétéria-boutique. Le bâtiment s'allongeait le long d'une verrière courbe comme celles des gares TGV des années 2000 ; selon le communiqué de presse qui avait été décliné en pancartes de plexiglas jalonnant le parcours, son dessin entendait rappeler une faille géologique, même si on ne voyait pas trop le rapport avec le glacier alpin sur lequel on était. Jean et Baya prirent leur billet au « desk », le scannèrent sur des tourniquets dignes des métros les plus modernes. Il n'y avait pas de conférencier humain mais ils se virent proposer un « compagnon de visite » qui était une tablette à écran tactile permettant de scanner des codes aux différents points de leur parcours. Toutes ces fanfreluches high-tech, cette ambiance d'aéroport, alors qu'ils venaient voir des gravures mésolithiques sur des roches du Quaternaire, les firent sourire ; et, pompon, le compagnon de visite de Baya se brancha mystérieusement sur une fréquence de pop music venue d'on ne sait où visiter ces altitudes désolées. Ils rirent franchement. C'était agréable. Ils s'ébaubirent parmi les pélites.

Au bout d'un étroit sentier montant entre les violettes, on arrivait au site, grande prairie minérale sous le ciel. Les roches nues, parfois arrondies par l'ancienne course de l'eau glacée, parfois déchiquetées par les foudres révolues, avaient quelque chose de la surface de la Lune. Les gravures décoraient la plupart d'entre elles, parfois à la verticale, parfois dissimulées dans des anfractuosités. Certaines représentaient des figures animales ou humaines, d'autres, la majeure partie, consistaient en incisions parallèles, formes géométriques accolées les unes aux autres. C'était peut-être, disait la présentation préenregistrée de la tablette, une protoécriture, contemporaine de celles des Mycéniens ou des Sumériens. Mais faute de correspondance avec une autre langue, comme pour la pierre de Rosette, on n'était pas capable de la déchiffrer ; certains des idéogrammes représentaient cependant à coup sûr des gestes agricoles, des instruments religieux.

– Comme quoi les Ligures savaient écrire, remarqua Jean. C'est juste que les Romains n'ont pas pris la peine de transcrire leur alphabet.

C'était un raccourci du raisonnement, puisque rien ne prouvait que les usagers du site à l'âge du bronze fussent les aïeux des Ligures combattus par les Romains, mais Baya acquiesça. C'était quand même probable. Et quoi qu'il en soit, les pré-Ligures qui étaient venus jusqu'ici savaient vraisemblablement plus de choses que ce qui en subsistait dans *Civilisation Mag*.

Le couple humain parcourut les vastes creux environnés d'aiguilles découpées, leurs semelles ripant sur le roc ; le soleil de juin éclairait l'espace d'une lumière métallique. Au-dessus du plateau se dressait un sommet escarpé qui, toujours selon le compagnon de visite, renfermait des minerais divers et du fer en quantité, si bien qu'il attirait naturellement la foudre lors des orages, fréquents à cet endroit. C'est sans doute pourquoi le site avait constitué un lieu de culte durant de longs siècles, accueillant des célébrations datant de bien avant l'Empire, et dont on avait perdu le sens. Il fallait imaginer ici des processions, des rites, des sacrifices sous les éclairs. Il fallait imaginer des récits qui leur donnent sens, une cosmogonie mystérieuse impliquant le feu et la glace, la foudre et les sources. Le vent soufflait sur l'espace.

Ils se séparèrent sans l'avoir prémédité. Jean, suivant un petit chemin, se retrouva devant une vaste surface plane gravée de dizaines de poignards. Cette roche, disait la tablette, permettait de dater le site avec précision, puisque les poignards étaient typiques de la civilisation protohistorique du Rhône, les Celto-Ligures. Donc des Ligures quand même. La concentration des poignards pouvait symboliser la foudre, manifestation du dieu primordial, ou le sacrifice du taureau, dans un rituel de fertilité. En tout cas, cette surreprésentation des armes était connectée au sacrifice, et le sacrifice était connecté à la civilisation.

Jean regarda les gravures maladroites et vindicatives puis tourna les talons. Il rejoignit Baya près d'un ensemble de gravures représentant un quadrillage irrégulier fait de rectangles juxtaposés ; il lui passa la tablette pour flasher le code apposé sur la roche millénaire, et la voix nasillarde expliqua qu'il s'agissait sans doute d'un genre d'antique cadastre : une représentation topographique d'un endroit qui devait être une zone agricole. Les divers quadrilatères figuraient, dans cette hypothèse, les différentes propriétés ou du moins la répartition du travail de la terre. Les gravures étaient datées de huit millénaires plus tôt.

– En fait, dit Baya après que le compagnon de visite se fut tu, ils galéraient avec les mêmes problèmes que nous. Ils voulaient fixer les lignes du partage, les frontières. Ils les gravaient dans la roche pour s'en souvenir. Et maintenant, comme on ne sait plus de quelle terre ils parlaient, on regarde ça en passant et on trouve ça poétique.

Jean opina sans ajouter un mot. Il se demandait à quoi ressemblaient les lieux par une nuit d'orage, poignards et éclairs.

Ils arpentèrent les roches nues durant encore une bonne heure, jusqu'à ce qu'un léger vertige les prenne, puis Jean et Baya retournèrent vers le complexe touristique en se tenant la main. Cela n'était pas arrivé depuis longtemps, leur sembla-t-il ; durant les jours précédents, leurs corps s'étaient plutôt évités. C'était doux. Ils entrèrent dans une petite galerie pédagogique qui renfermait des animations 3D avec des bisons et des rhinocéros laineux, et des poupées de cire à taille humaine habillées de peaux de bête ; après l'air vif, l'immensité et le mystère, cela leur fit l'effet d'une mauvaise blague, et ils s'en furent vers la boutique. Ils se remirent à glousser devant les gadgets proposés au chaland, comme éméchés par le grand air, la solennité des lieux, le long voyage intérieur qu'ils avaient fait en imaginant ces lointains ancêtres. Leur rire ressoudait quelque chose entre eux qui s'était fêlé, et ils l'accueillaient avec une grande joie silencieuse.

En guise de souvenir et de plaisanterie, ils firent l'acquisition d'un tablier de cuisine reproduisant une scène de sacrifice animal gravée sur une des roches.

22

Oh non, elle n'était pas tranquille, pas tranquille du tout, Mme Bourouissa. Bien sûr, pour le moment il n'y avait rien de grave à déplorer. Pour le moment c'était encore inoffensif. Mais puisqu'on se parlait en confiance, n'est-ce pas, elle, elle ne se sentait pas tranquille. Est-ce qu'on avait besoin de ça en plus du reste ? Est-ce qu'on n'avait pas déjà suffisamment à régler actuellement, comme Jean était bien placé pour le savoir ? Elle, assurait-elle, aurait juste voulu pouvoir tout arranger, à sa petite échelle. Ce qui la décourageait un peu, pour tout dire, c'était que les choses étaient complexes et qu'on ne pouvait l'ignorer. Elle savait bien, les conduites à risque de l'adolescence, et puis, bon, tous ces trafics, bien sûr. Mais pourquoi ici ? Pourquoi sur son parking, au fond ?

Jean écoutait attentivement, les yeux parcourant machinalement les branches malingres de l'olivier en pot qui tentaient de toutes leurs forces de monter vers la verrière dix mètres plus haut, course à la vie des organismes qui ne savent finalement rien faire d'autre. C'était sa tournée de café, et il avait insisté pour qu'elle prenne une crêpe, car il ne faut pas se laisser abattre ; elle avait choisi une garniture banane-chocolat avec sur le visage les marques de la gratitude la plus sincère, et Jean s'en était senti vraiment heureux. Ilham Bourouissa avait éveillé sa curiosité par deux coups de téléphone qu'elle avait pris pendant leur rendez-vous, alors qu'il lui exposait posément le devis exorbitant qu'il avait dressé pour la partie ombre naturelle sur la verrière. Il avait compris, à quelques mots, qu'elle parlait à la police ; à quelques mimiques, que quelque chose se passait qui ne devait pas se passer. Jean, mû par une étrange sollicitude, avait invité la directrice à boire un café, avait insisté pour lui offrir une crêpe. À présent ils étaient tous deux assis à un petit guéridon genre bistrot près de la roulotte genre cirque d'antan, sous l'olivier genre provençal, au milieu du carrefour genre place de village, et Mme Bourouissa lui parlait genre confidence de cette invasion subite du parking, le samedi précédent, par une armada de motards, foulard ou cagoule sur le visage.

Une dizaine de moto-cross avaient déboulé, moteurs hurlants, de la bretelle autoroutière, parmi les pousseurs de caddies tranquilles et lourds. Ça s'était mis à vrombir de partout, un boucan pas possible. Comme une brusque tempête, ou plutôt, comme des billes de mercure échappées d'un thermomètre cassé, dit Ilham Bourouissa en écartant ses doigts chargés de pierreries les uns des autres, pour mimer le mouvement centrifuge. C'était monté sur les toboggans d'accès à la terrasse à toute blinde, avant de redescendre en sauts par l'escalier. Ils étaient dix, mais on eût pu croire qu'ils étaient cent, tant le vacarme et les cascades semblaient émaner de toute part.

Pour sûr, c'était spectaculaire. Elle-même avait couru jusqu'au parking et avait crié avec les autres, des gens filmaient avec leur téléphone, des gens juraient, certains disaient whaou, des enfants pleuraient. Une moto bondit par-dessus les plots de stationnement, une autre zigzagua en roue arrière sur le rebord de l'étage supérieur. Les machines avaient frôlé des familles ; Dieu merci, aucun blessé n'était à déplorer. Un samedi après-midi, vous imaginez un peu. Et sans casque ! Vraiment une conduite dangereuse, Ilham voulait dire, pour soi et pour autrui, quoi.

Et puis soudain la horde était repartie comme elle était venue, avant même que le responsable sécurité ait eu le temps de prévenir la police. Ça avait duré quoi, cinq ou dix minutes. Les caméras avaient tout enregistré, mais les motos n'avaient pas de plaque. Classique. La vidéo était inexploitable. C'était d'ailleurs ce qu'avait dit le commissaire de police : qu'est-ce qu'on pouvait faire d'autre qu'attendre que ces pirates se manifestent à nouveau ?

Or elle le savait bien, elle, dit-elle après avoir bu le fond de son gobelet d'eau : certainement, ces bandes – car il fallait cesser de faire l'autruche, de se voiler la face, appeler un chat un chat – préparaient quelque chose, pour venir ici parader comme ça. Elle n'était pas née d'hier, elle en avait vu d'autres. Et elle avait suivi des formations. On n'avait pas fini d'entendre parler des loulous du Sablier.

– Du Sablier ? demanda Jean, alerté.

– Oui, rendez-vous compte ! Des gamins qu'on a connus hauts comme ça. À peine majeurs. On les connaît, à force – c'est un peu chez eux, ici – on voit les premières amourettes, les petites histoires – c'est attendrissant, eh oui. Mais certains tournent mal, malheureusement. Y en a c'étaient des copains à mon fils, ajouta-t-elle, si catastrophée qu'elle en perdait sa correction syntaxique. Heureusement, lui a bien tourné, il a fait bac S.

Jean était moins intéressé par la carrière du fils Bourouissa que par la réunion de motards sur le parking.

– Mais s'ils avaient le visage dissimulé, comment vous savez que les motards sont du Sablier ?

La directrice de Sud Soleil lui coula un regard de côté qui avait l'air de jauger son intelligence ou sa naïveté.

– Vous n'êtes pas d'ici, vous, constata-t-elle.

Jean haussa les épaules, ne sachant que répondre. Être d'ici était un concept qui lui avait toujours échappé.

– Vous êtes au courant, pour le règlement de comptes ? lui demanda la directrice d'un air de conspiration ; puis, alors qu'il acquiesçait, elle reprit d'un ton docte : Cette parade, c'est un début de réponse, vous pouvez me croire. Il y a eu mort d'homme, ça ne va pas en rester là. C'est comme ça, ici. Le sang se lave dans le sang.

Ses yeux noirs brillèrent d'une lueur brève, puis se perdirent dans la perspective miroitante des vitrines, sur lesquelles l'écho de ces mots sentencieux résonnait incongrûment.

23

Les dalles que Rowry avait apportées étaient un genre d'aggloméré rappelant le grès rose. Il avait sorti une petite bétonnière de sa fourgonnette, avait terrassé sur un mètre le pourtour de la piscine recouverte de sa bâche d'hiver pour l'occasion, avait coulé le béton en l'étalant avec un outil rappelant ceux des sauniers, dans le temps jadis, et disposait maintenant les dalles l'une à côté de l'autre, précis, concentré, le dos trempé de sueur. Il avait commencé tôt mais tout cela demandait du temps ; il était près de midi, et le soleil se déversait verticalement sur sa nuque couverte de mèches de cheveux mouillées qui dépassaient d'une casquette délavée. Baya avait renoncé à lui faire la conversation.

Elle avait pourtant repensé plusieurs fois au géant Ysbaddaden et au sanglier avec son peigne entre les défenses, et il lui semblait qu'elle avait même eu des questions à soumettre à Rowry à son sujet. Mais à présent, elle les avait oubliées ; elle le regardait faire de loin, se refusant à s'approcher du chantier comme à son habitude ; en vérité, elle était un peu honteuse, bien que ce sentiment lui fût relativement étranger. Comme si elle était sortie de son rang, alors qu'elle n'y était pour rien. Elle ressentait, par voie de conséquence, un genre de sourde et sombre rancœur à l'encontre du jardinier, à la fois inavouée et insidieuse. Et puis elle avait bu trop de café.

Depuis l'échec de sa démarche auprès du conseil municipal, Baya rongeait son frein. C'était quand même fou qu'on ne puisse pas se protéger contre une attaque ; pour elle, il était clair qu'il s'agissait de se défendre contre un agresseur, rien d'autre. Que cet agresseur fût de la famille des suidés et cousin du porc domestique n'enlevait rien au fait qu'il était dans son tort, tandis qu'elle était dans son bon droit – elle avait la rigueur pour elle – et qu'elle était donc légitime à réclamer protection ou à agir pour défendre son espace, selon une logique implacable. Or ce qu'elle constatait, c'est qu'en dépit des impôts locaux qu'elle payait notamment pour être défendue si nécessaire, on ne prenait pas en compte sa requête, aucune action n'était engagée ; en somme, le droit ne s'exerçait plus sur sa colline. Et ça, ça ne lui plaisait pas du tout.

La visite du site préhistorique, la contemplation de l'immensité du temps et de l'espace l'avaient détendue, mais une fois rentrée, toutes ces histoires s'étaient remises à lui tourner en tête. D'avoir découvert un cadastre vieux de plusieurs millénaires lui semblait une preuve supplémentaire du bien-fondé de son indignation.

La veille, alors que dans son bureau Jean finalisait son devis, Baya s'était souvenue du permis de construire de la maison de la femme, dont l'affichage, elle l'avait vu en passant et sans y prêter autrement attention, n'était absolument pas conforme aux règles. Celle-là non plus ne respectait rien. Savoir comment elle avait ouvert la baie vitrée. D'ailleurs, au nom de qui était ce permis ? Baya se rappelait que le constructeur avait déposé le bilan deux ans auparavant. Quid de la maîtrise d'ouvrage ? Rien n'était fait correctement. Sa rancune vague avait trouvé là quelque chose à quoi s'accrocher. À moins que ce ne fût plus complexe, mais elle ne se posa pas la question.

Au soleil déclinant, elle avait donc gravi la route jusqu'à l'entrée ménagée pour le portail absent, là où deux semaines auparavant, avant de faire une tarte avec ses propres abricots, elle avait vu le panneau à moitié dissimulé dans la haie. Pour en déchiffrer les inscriptions au marqueur, elle était descendue dans le fossé peu profond et empli de fougères qui bordait la route. Elle avait pris une photo du permis de construire avec son téléphone et elle avait glissé un regard – malgré elle, bien sûr, elle n'était pas là pour ça – vers le cube de béton qui formait la maison.

D'ici, en léger surplomb, le bâtiment avait l'allure d'une bête futuriste tapie dans la jungle, comme certains forts ou bunkers, une fois abandonnés par les empires qui les ont construits, sont pour ainsi dire rendus à l'état sauvage. Elle le voyait depuis l'arrière ; l'angle de la terrasse bétonnée dépassait, et au-delà, le regard plongeait vers la combe touffue qui s'ouvrait en contrebas de la falaise. Baya avait tendu l'oreille, espérant percevoir les vibrations de la musique – bien qu'elle ne fût pas là pour ça – qui dans son esprit était désormais associée à ce lieu. Scrutant sans penser à rien la partie visible de la terrasse, elle ne mesura pas le temps qu'elle resta là à guetter ; car son immobilité, ses sens à l'affût auraient fait comprendre à n'importe qui qu'elle était aux aguets.

Elle était abîmée dans son observation, avait oublié ce qu'elle était venue faire ici ; et elle se serait sans doute bientôt redressée d'elle-même si, à ce moment, elle n'avait entendu un bruit de moteur approchant au ralenti sur la route. Elle se figea, dissimulée à moitié par le fossé et les fougères, et à moitié par la haie : elle n'avait pas envie d'être surprise dans cette étrange position. La lumière du crépuscule jouait en sa faveur, entre chien et loup. Elle s'aplatit autant qu'elle put sur elle-même, s'attendant à ce que le véhicule approchant passe près d'elle sur la route ; mais presque aussitôt, elle vit le halo pâle des phares bifurquer sur les graviers qui descendaient vers la maison de la femme. Les pneus crissèrent ; et depuis son fossé, Baya aperçut une fourgonnette qui ralentissait en décrivant une volte pour se garer le long du mur latéral.

Les phares s'éteignirent. La portière s'ouvrit et elle vit s'extraire de l'habitacle les longues jambes, puis le long buste, puis le visage taillé à la serpe de Rowry, qui après s'être penché à l'intérieur pour attraper quelque chose, claqua la porte et se dirigea d'un pas tranquille vers la terrasse, puis disparut du champ de vision de Baya. Elle eut un coup de sang. Rowry et la femme se connaissaient ; voire se fréquentaient, puisque l'heure tardive de l'apparition du jardinier, qui de plus devait venir chez eux le lendemain à la première heure, laissait peu de doutes sur la nature de leur relation. Il y avait quelque chose là-dedans qui était incompréhensible pour Baya, et incompréhensiblement l'énervait.

Elle souffla par le nez, se redressa et remonta sur la route. Elle sentit le picotement d'une griffure sur sa jambe nue. Cette fois, la nuit était tombée ; et désormais le noir de la route se découpait seulement plus noir de l'obscurité des taillis qui la bordaient, sauvages et silencieux. « C'est malin », dit Baya à voix basse, mécontente d'elle-même et vaguement inquiète ; et elle tâta ses poches pour vérifier qu'elle n'avait pas laissé échapper ses clés ni son téléphone dans le fossé. La lune, presque pleine mais à peine levée, éclairait de biais les troncs tordus des chênes-lièges.

Un grand bruit se fit entendre dans les fourrés en amont. Elle se figea, debout au milieu de la route.

Un sanglier surgit sur la chaussée, marqua un arrêt. Il était peut-être à deux mètres d'elle. Son cou bref était surmonté d'une ligne de poils noirs et drus sur l'échine ; sa tête mobile se tournait de l'arrière vers l'avant, et Baya put voir les yeux petits et noirs, le groin allongé, les longues canines qui l'encadraient comme des défenses. La bête ne lui prêta aucune attention. Le bruit dans le fourré reprit et un autre sanglier, plus petit et plus sombre, dégringola du talus, suivi d'un autre et encore d'un autre ; un groupe de cinq ou six bêtes fut bientôt devant elle. Leurs pas étaient brefs et agiles, résonnaient clairs et presque humains sur le macadam. Pétrifiée, elle entendait leurs souffles, elle sentait leur odeur fauve. Elle ne bougea pas plus qu'une feuille. La horde échangea quelques grognements. Les animaux ne s'occupèrent pas d'elle, et se mirent à trotter, empruntant tranquillement l'allée de graviers qui menait chez la femme, et descendirent jusqu'à la terrasse avant de disparaître dans la végétation touffue de la combe, en contrebas de la falaise.

Elle avait couru d'une traite jusque chez elle.

– Voilà, dit Rowry subitement à côté d'elle. Il fit un geste vers le pourtour de la piscine, désormais soigneusement dallé. Dorénavant, continua-t-il, les bêtes ne pourront plus faire le moindre mal à votre bassin.

Il ne restait du chantier que de petits étais sur les bords extérieurs de la nouvelle terrasse. Décidément, cet homme travaillait extrêmement bien, et Baya ne comprenait pas comment un être aussi raffiné, aussi soigneux, aussi cultivé à tous les sens que peut prendre ce terme, pouvait se retrouver un dimanche soir chez cette femme, dans la jungle posthistorique. Ce mystère, en définitive, l'empêcha de formuler la moindre remarque, et elle alla chercher son carnet de chèques pour le régler.

24

Pas d'ici, qu'est-ce que ça avait à voir ? Qu'est-ce que ça changeait qu'il fût d'ici ou non ? Qu'est-ce qu'elle croyait, Mme Bourouissa, que les voyous devant sa porte étaient faits d'une autre pâte que les voyous devant les portes des autres ? Quelque estime que Jean se flattât de nourrir pour la directrice de site de la Ségépoule, en l'occurrence son jugement était sans appel : c'était idiot. Être de quelque part, c'était une berceuse pour enfants, selon Jean, voire une entourloupe de première consistant à se laisser duper par des papiers, des actes qui prétendaient fixer les gens à un endroit alors qu'on savait très bien qu'on était fixé quelque part tant qu'on n'en était pas chassé, dans la vie. C'était idiot. Jean se sentait violemment pessimiste.

Ça bouchonnait sur l'échangeur. Il n'avait pas fait mille mètres. Il soupira entre ses dents. Par les fenêtres du SUV, l'immuable paysage de la ZAC brûlée de soleil s'étalait dans la plaine côtière, avec, à la limite de sa vision latérale, l'énorme carcasse brillante de Sud Soleil, allongée, lourde comme une bête prête à mettre bas. Il prêtait à la radio une oreille distraite. Il ne pensait ni à la frayeur de Baya la veille, ni au devis mirobolant qu'il venait de faire valider par la Ségépoule et qui aurait pourtant mérité un certain contentement. Il tournait désormais dans sa tête les quelques mêmes informations qu'il avait recueillies et qui lui paraissaient des trésors.

Car peu importaient, au fond, les convictions bornées d'Ilham Bourouissa, il avait tout de même appris des choses : d'une, que Sud Soleil était le terrain des gars du Sablier, comme il les appelait pour lui-même. Cela, en effet, il devait reconnaître qu'il l'ignorait, contrairement sans doute à tous ceux qui grandissaient ici ou qui, comme la directrice, avaient des enfants scolarisés dans le coin. De deux, que cette parade de motos ayant eu lieu, le feuilleton qui le tenait en haleine depuis quinze jours allait bientôt trouver une suite. Et cela c'était sa propre science qui lui permettait de le savoir ; parce que Jean, les questions que Bourouissa laissait en suspens, il en connaissait la réponse. Pourquoi dans son centre commercial ? Parce que les destinataires du message étaient présents à cet endroit ; pourquoi à moto ? parce que le tueur avait agi à moto. Oui, le sang allait être rendu pour le sang versé ; et malheureusement pour cette bonne dame, cela se passerait chez elle. Là où elle n'avait pas vu juste, c'est que Sud Soleil n'appartenait pas qu'à ceux du Sablier. C'était élémentaire : selon Jean, il fallait chercher le meurtrier des deux jeunes automobilistes parmi les autres bandes qui fréquentaient le centre commercial. Parce que si l'assassin n'avait pas eu ses habitudes ici, la parade des motards n'aurait pas eu lieu ici. On ne fait pas un tel ramdam pour trois badauds à caddie bardés de cartes de fidélité, ni pour les beaux yeux de la préposée Ségépoule.

C'était évident, et cela n'avait rien à voir avec le fait d'être né quelque part. Complètement con. Sud Soleil était l'espace commun aux différents groupes du coin : des gens comme Jean et Baya, venus des collines résidentielles tranquilles, y croisaient les loubards du Sablier aussi bien que les occupants des petits immeubles beiges construits par le maire. Mais là où des gens comme lui et Baya l'utilisaient comme un lieu d'achalandage, et éventuellement de loisirs lorsqu'ils allaient au cinéma, pour d'autres c'était un espace bien plus déterminant dans la vie et dans la politique locale – celle, souterraine, qui régit les ressources non recensées, les flux non imposables, les gains non déclarés. Celle qui, incidemment, se règle avec des armes qui ne sont pas celles des policiers assermentés. Et que revoilà les armes. Les poignards gravés sur la roche.

Son regard clair était fixé sur la route saturée de bagnoles, ses traits réguliers absolument impassibles. Jean ne se rendait pas du tout compte qu'il prêtait à cette affaire une attention proprement démesurée. Il s'était habitué à son obsession, il ne la remarquait plus. Lui qui, quelques jours encore auparavant, s'inquiétait de se souvenir en rêve de ses lointains délits, lui qui ressentait une crainte vague le parcourir en songeant que les bandits étaient trop près de chez lui et de son bonheur tranquille, s'était à présent plongé avec un secret délice dans la considération de ce problème. Bien sûr il y restait hostile, d'une certaine façon, puisque cela suscitait en lui le même sentiment de sourde angoisse qu'au départ ; mais en imagination, il passait des heures auprès de ces voyous qu'il ne connaissait pas, tout en les connaissant intimement.

Cent fois chaque jour, il se demandait quel était l'arsenal, combien de personnes étaient impliquées. Il avait téléchargé un rapport parlementaire de l'Union sur la situation ligure, qu'il avait trouvé en fouillant sur Internet. La Ligurie, avec sa succession de petits ports très encaissés, offrait mille abris aux trafics arrivant par la mer. Il avait appris quelles étaient les provenances majoritaires des armes saisies, quelles mafias les contrôlaient. Il savait désormais que le port de Liguria avait par trois fois défrayé la chronique en accueillant, dans de petites embarcations de plaisance, d'importants chargements de munitions non déclarées. Il savait aussi que les armes qui transitaient dans ce coin de l'Europe venaient de toutes les rives de la Méditerranée : Liban, Albanie, Sicile, Libye ; qu'elles avaient parfois fait plusieurs étapes dans différents conflits, nationaux ou criminels, transportant sur elles la mémoire non écrite des affrontements humains pour des coins de terre, batailles fondatrices, défaites provisoires.

Il avait tâché d'estimer des sommes. Il avait enfin appris – avec une certaine déception – qu'il y en avait assez peu, c'est-à-dire bien moins que ce qui semblait quand on lisait la presse, toujours friande d'emphatiques frissons : en vérité, juste assez pour que tel ou tel groupe puisse y recourir pour se faire respecter. On n'était pas au Far West, tout le monde ne se baladait pas avec un canon scié dans la ceinture.

Mais bon, en l'état c'était tout de même franchement préoccupant. La parade des motards constituait une annonce claire ; à aucun moment Jean ne se dit que la police allait agir : cette option de scénario ne faisait pas partie de son univers. Lui, ce qu'il voulait, c'est que Sud Soleil – c'est-à-dire la Ségépoule qui le payait, Bourouissa qui le rencontrait, et lui-même qui fréquentait les lieux – reste en dehors de cette affaire. Et dans le même temps, il sentait que c'était impossible, qu'on ne pouvait pas être en dehors de quoi que ce fût. Que depuis le début il était en plein milieu. En somme il attendait quelque chose.

Il fredonna le refrain de HTRK qui passait sur la bande FM ; et comme il arrivait, au pas, à hauteur de la bretelle du Sablier, une brusque impulsion lui fit quitter la rocade. Il eut vaguement conscience, à ce moment-là, de faire quelque chose d'un peu absurde, mais il ne changea pas d'avis pour autant. La vie est un long affrontement de forces perpétuellement contraires. Il contourna un rond-point, un second, franchit deux ralentisseurs sur une rue bordée de petits commerces alimentaires en piètre état. Il aurait voulu se dresser entre les parties, parler, agir, changer le cours des choses, arrêter le mécanisme qui déroulait son implacable logique. En somme il rêvait de puissance.

Il déboucha dans les ruelles oblongues qui constituaient la cité du Sablier, dix bâtiments de cinq étages aux portes flanquées de lettres décolorées. Comme d'habitude dans les endroits construits durant les Trente Glorieuses, on avait l'impression que les aménageurs avaient pris un plaisir esthète, quasi décadent, à dessiner un plan labyrinthique, et la chaussée avait de brusques décrochements, des courbes imprévues, pour ne mener nulle part : elle ne faisait que le tour du quartier. Sur un fauteuil de bureau, à l'ombre d'un prunus malingre, un adolescent le dévisagea gravement de sous sa capuche tandis qu'il passait. Au-delà des places de parking, des pelouses très jaunes accueillaient quelques bancs ; une jeune femme téléphonait à côté d'une poussette, près d'un catalpa qu'escaladaient en piaillant deux enfants d'une dizaine d'années. D'autres gosses se poursuivaient en gloussant autour d'un petit terrain de basket grillagé.

Un groupe de jeunes gens, assis sur les marches ou appuyés contre les rampes de l'escalier d'un des porches, le regarda passer en détaillant froidement la carrosserie de son SUV ; les visages étaient impassibles et attentifs. Jean passa, soutenant les regards, tout en faisant mine de ne pas s'en apercevoir ; il ne ralentit pas, il n'accéléra pas. Les basses d'HTRK lui semblèrent plus fortes.

Il dépassa le groupe ; d'un coup d'œil dans le rétroviseur, il constata qu'aucun des types ne se retournait sur lui. Il ne se passait donc rien. Qu'est-ce qu'il avait cru ? Qu'il allait trouver une boutique d'AK-47, neuf occasion pièces détachées ? Que des guerriers l'attendraient, tirant en l'air avec des Beretta de contrebande ? Qu'il entendrait l'épique récit des batailles toujours recommencées ?

Il suivit le parcours sinueux de la rue qui desservait les bâtiments, revint insensiblement à l'entrée du quartier ; le chouffeur le regarda passer à nouveau, du même œil vide. C'était frustrant : il ne connaissait personne, il n'était pas d'ici. Il alluma une cigarette en baissant la vitre. Je devais avoir l'air d'un flic, pensa-t-il avec dépit. Il reprit la rue, les ronds-points, en direction de la rocade.

25

Le Meilleur de la Technologie au Service de Votre Bien-Être, clamait, en face de Baya et Magali, un poster contrecollé où était imprimé un visage de femme blanche et jeune, irradiant la paix. En claquettes et peignoir, elles attendaient que l'esthéticienne les fasse entrer dans le hammam de l'institut. Elles avaient pris la formule complète « réveil des sens, jeunesse de l'âme » ; une fois par mois, elles se retrouvaient dans ce salon de beauté agrandi d'un centre de soins et y passaient un après-midi ensemble. Tandis qu'elles se faisaient successivement suer, gommer, masser, épiler et oindre, elles passaient en revue les sujets d'actualité, qu'ils soient intimes ou collectifs, et leur dialogue était entrecoupé de silences, provoqués par l'alanguissement des chairs. Leur amitié reposait beaucoup sur le silence, au fond.

– Mais donc Jean, il s'en fiche des sangliers ? demanda Magali après un moment.

– Non, je crois pas… Je crois plutôt que ça l'angoisse aussi. Mais je sais pas, c'est comme s'il était perdu ailleurs, il n'est pas là, pas complètement là. Il vrille avec son taf, il vrille avec cette histoire de règlement de comptes, mais ce qui concerne la maison, on dirait que ça lui passe au-dessus. Le dallage de la piscine, il l'a à peine regardé. Je veux dire, ça nous a quand même coûté un œil. Et il refuse catégoriquement de poser une clôture.

Une jeune femme en blouse, au visage quelconque et doux, leur fit signe d'entrer dans le bain de vapeur qui leur était réservé. Elles quittèrent leurs peignoirs et, en string et claquettes, gagnèrent les bancs de bois plongés dans une épaisse buée embaumant les huiles essentielles. Elles s'assirent. Les silences se firent plus longs. Baya avait les yeux fixés sur la cascade artificielle en faux galets qui ruisselait benoîtement devant elles, éclairée par en dessous d'une LED bleue, dans une nette quoique mystérieuse intention mystique. Il faisait très chaud. Elle pensait à présent à la femme, mais elle n'en avait pas parlé à Magali et quelque chose la retenait de le faire ; toujours ce même et vague sentiment de gêne.

– Peut-être qu'il y a quelque chose dont il ne veut pas te parler, reprit Magali. Baya mit un moment à comprendre qu'elle évoquait Jean, et qu'elle n'avait pas lu dans ses pensées de l'instant. Elle regarda son amie.

– Je ne crois pas non plus. Je le connais, quand même. Quand il cache des choses, il est prévenant, il se met en quatre pour avoir l'air plus présent, au contraire. Puis là tout roule : il a décroché ce contrat à Sud Soleil, ça lui fait la trésorerie jusqu'à la fin de l'année. Il n'a rien à cacher.

Magali ne répondit rien et Baya renonça à la détromper : tant pis si elle soupçonnait une infidélité. Benoît Martoni avait été souvent volage, et Magali en avait souffert tout en l'admettant comme un élément de leur couple. Mais Baya connaissait son époux. Elle savait que ni lui ni elle n'iraient attaquer cette précieuse confiance qu'il y avait entre eux. Une fois, elle l'avait vu céder à la jalousie, provoquée par un type, en vacances, dont les sourires étaient effectivement assez appuyés, sans d'ailleurs que Baya les encourageât. Ils l'avaient croisé un matin sur le parking du village vacances ; Jean l'avait regardé fixement sortir de sa voiture et avancer vers l'accueil, où ils se trouvaient. L'autre, d'abord indifférent, s'était visiblement senti embarrassé par ce regard, avait tâché de sourire. Jean, sans bouger, droit sur ses pieds, avait craché très légèrement par terre, les yeux plantés dans ceux du type. Celui-ci s'était totalement déconfit, et il avait fait demi-tour vers sa voiture. Elle avait trouvé la scène absurde mais tout à fait cinématographique. Quant à lui, elle était certaine qu'il ne ferait rien qui puisse attaquer leur alliance. Il avait trop besoin de leur couple ; elle le savait, sans savoir pourquoi.

Mais plus elle en était sûre, plus insondable aussi devenait pour elle cette étrange absence de Jean à lui-même. Et elle, elle était aussi absente à lui, d'une certaine façon. Même si leurs corps continuaient de se tenir côte à côte, quelque chose l'emmenait ailleurs. À nouveau elle pensa à la femme, comme à une écharde qu'on a dans un doigt et qu'on oublie dès lors qu'on ne s'en sert pas, mais qui se fait sentir au moindre mouvement. Elle se tint coite. La petite cascade glougloutait dans sa lumière bleue.

Elles passèrent à tour de rôle au gommage, puis se retrouvèrent allongées l'une près de l'autre sur les lits de plastique qui servaient à l'épilation. Deux esthéticiennes s'affairaient sur leurs cuisses, alors elles n'abordèrent plus leur vie intime. Baya raconta le site préhistorique, que Magali connaissait déjà, et à propos duquel elle évoqua la similitude entre certains motifs et ceux qu'on trouve ailleurs en Méditerranée, par exemple en Crète. D'ailleurs, elle et Benoît envisageaient d'y passer leurs vacances. Puis elles se rendirent aux douches et se retrouvèrent, une demi-heure plus tard, sur le pas de porte très fleuri de l'institut.

– Ça te va bien, cette nouvelle coiffure, dit Magali en montrant les cheveux tirés en arrière de sa copine, qui sourit.

Elles se suivirent en auto jusque dans le vieux centre de Liguria. Sur une petite place entre des façades alignées, ombragées par un platane, elles commandèrent des sirops à l'eau gazeuse. Leurs visages étaient détendus par les soins, elles étaient toutes deux très belles avec leurs lunettes de soleil. Les premiers vacanciers, des couples d'âge mûr en provenance d'Europe septentrionale, passaient en prenant des photos et en regardant des cartes du centre offertes par le syndicat d'initiative. On pouvait visiter l'ancienne cathédrale, l'ancien arsenal, l'ancien port de pêche, l'ancien théâtre. Tout était pittoresque et vide, hormis une rue qui offrait des commerces de bouche un peu raffinés, un chocolatier et deux parfumeurs. L'essentiel de l'effervescence de la ville se concentrait désormais sur le front de mer, alignant une suite de restaurants/bars/vendeurs de cartes postales aux noms West Coast. Durant la haute saison s'y tenait un marché nocturne où l'on pouvait acheter des aimants pour le frigo, des tétines pour bébés aux couleurs d'équipes de football, des casse-tête en bois et des churros. Mais Baya et Magali préféraient le charme silencieux du centre ancien.

Elles étaient assoiffées à cause du hammam et eurent bientôt fini leurs sirops. Elles commandèrent des cocktails de fruits. Elles ne parlèrent plus de leur vie sentimentale. D'ailleurs, Magali était généralement discrète sur ses rapports avec Benoît, et comme Baya ne l'appréciait guère, elle ne cherchait pas le sujet. Cette dernière revint ensuite sur sa mésaventure au conseil municipal. Elle redit qu'elle était remontée comme un coucou et Magali eut un soupir compréhensif. Les deux femmes tombèrent d'accord sur le fait que c'était bien symptomatique d'une époque où les institutions politiques ne correspondaient plus aux vrais besoins des gens ; où elles étaient seulement gardées en état, comme le vieux centre-ville, pour le décorum et le pittoresque.

– Les empires passent, dit Magali.

Elle avait l'air d'une pin-up comme ça avec ses lunettes griffées, mais elle aimait bien la philosophie de l'histoire.

– Peut-être, répondit Baya en aspirant la goutte de jus de fruits prisonnière d'une anfractuosité de glaçon dans son verre, mais le malheur, c'est qu'on dirait qu'ils ne sont remplacés par rien. Comment se faire entendre ?

Il faisait chaud. Le vrai pouvoir était ailleurs.

– Des fois, conclut Magali qui jouait avec le petit parasol décorant son verre, on n'est jamais si bien servi que par soi-même.

26

Il n'avait pas rejoint la rocade. Juste après le petit rond-point coiffé de palmiers malingres qui marquait l'entrée du Sablier, Jean avait avisé l'échoppe de BYZANCE KEBAB, s'était garé en face, était entré en disant bonjour, avait attrapé une canette de Coca dans le réfrigérateur. Au mur, des vues d'Istanbul au XXe siècle, photos bleuies sous des cadres en plexiglas. Le plus jeune des deux cuistots lui avait rendu la monnaie. Il avait trop chaud, l'aluminium glacé dans sa paume lui faisait du bien. Il s'assit sur l'un des trois fauteuils en plastique blanc autour de la table en même matériau qui constituait la terrasse.

Il ne se demanda pas ce qu'il guettait. Même, au contraire, son esprit obsédé lui laissa un moment de répit. Il regardait les passants, le remue-ménage du boucher en face, deux mouettes dépeçant un sachet de petits pains abandonné entre deux voitures. Des ménagères passaient sur le trottoir, silhouettes lourdes accompagnées de caddies ou de poussettes, chargées, affairées, s'arrêtant tout de même pour échanger quelques mots, certaines très jeunes, d'autres sans âge.

Le Coca l'avait rafraîchi mais lui avait donné soif ; il retourna jusqu'au frigo, prit une bouteille d'eau gazeuse, laissa deux euros sur le comptoir-vitrine où s'alignaient dans de grands plats des tomates farcies, du riz pilaf et des oignons émincés, adressa un signe au cuistot, déjà familier, comme s'il était venu là des dizaines de fois déjà. Il reprit place sur la terrasse, versa l'eau dans un gobelet blanc, alluma une clope. Il passa quelques coups de fil à des fournisseurs ou sous-traitants pour les informer de commandes en cours, étrangement léger, débarrassé, oublieux de son incursion dans les terres du Sablier, ou alors au contraire peut-être enfin à sa place – mais Jean n'y pensa pas du tout.

Bientôt, ce fut l'heure de sortie des classes ; des collégiens agités, tenant leur carnet de correspondance dans la main, s'égaillaient sur les trottoirs en s'envoyant de groupe à groupe des cris et des rires, filles et garçons de toutes tailles et couleurs, certains déjà grands, maigres, d'autres joufflus et ressemblant à des bébés, dans un tapage joyeux de libération. Trois garçons, poussant du pied un ballon de foot usé, s'approchèrent du kebab et achetèrent des Capri-Sun, puis ils s'assirent sur le rebord de béton qui séparait la terrasse du trottoir, les trois lourds cartables posés en tas sur la dalle. Ils se charriaient avec des voix changeantes, se poussaient parfois du coude et s'envoyaient une insulte, avaient cette maladresse de tous les mammifères qui ne sont plus sous la mère mais pas tout à fait adultes. Des filles passèrent en riant fort devant eux, tout en faisant mine de ne pas les regarder. Jean contemplait cette pantomime sans trop y faire attention, simplement content d'être parmi les gens.

Un grand type extrêmement baraque surgit sur le trottoir et enjamba quasiment les trois adolescents ; d'un bond souple, il fut dans la boutique, acheta une limonade et une cigarette à l'unité qu'il glissa derrière son oreille, à côté du rebord de sa casquette immaculée. Il échangea quelques paroles à voix forte avec les deux cuistots, restés à l'intérieur, dit qu'il repasserait plus tard, sauta les deux marches du muret, fit signe à une grosse berline qui passait et dans laquelle il monta avant même qu'elle fût arrêtée.

Les trois garçons s'étaient tus dès son arrivée, comme figés, mais l'un d'eux avait eu droit à une petite tape sur le crâne de la part du grand déjà reparti. Du coup, il s'était levé, bombait le torse sur le trottoir devant ses deux camarades, fanfaron, tout heureux de cette marque de distinction. Il tapait dans le ballon en le faisant rebondir contre le muret, coup sourd, pas assez régulier pour qu'on l'oublie, trop répété pour qu'on ne l'attende pas. L'oreille de Jean était attirée malgré lui. Et bientôt la conversation l'intrigua.

– T'as vu sur la vidéo quand il saute de la plate-forme. Han.

– Mais après ils ont fait des roues sur le toboggan.

– Askip ils sont entrés dans Sud Soleil, dit le plus petit des trois, qui avait un timbre doux et éraillé à la fois.

– Mais n'importe quoi toi.

– La tête de ma mère.

– Alors pourquoi c'est par sur Snap, boloss ?

– C'est sûr c'est les gars à Jimmy.

– Jimmy askip il a déjà sauté derrière le bâtiment C, tu vois là où il y avait les tables de ping-pong avant ? Bah voilà. En roue arrière il a fait, comme ça, biiiim.

Et le garçon joufflu mimait, de sa main cambrée, un genre de long vol plané qui aurait aussi bien pu être celui d'un avion de chasse.

– Mais Jimmy il fait plus de moto.

– Et alors, ça l'empêche pas d'être le chef.

– Déjà parlez pas de Jimmy, coupa celui qui était debout, en pleine rodomontade. Tu sais quoi toi d'abord ? tu sais rien du tout alors ferme ta bouche.

Il y eut un silence.

Jean avait fini sa cigarette, restait les yeux dans le vague. Les garçons reprirent leur bavardage sur autre chose, se levèrent d'un commun accord, se mirent en marche, laissant les emballages de Capri-Sun sur le rebord de la terrasse. Le cuistot vint les ramasser, ah, ces gosses, dit-il à Jean avec un air agacé, alors Jean lui sourit. Bientôt il se leva aussi, s'étira et traversa la rue en déverrouillant le SUV qui émit son petit clignement habituel.

27

– Il fait plus frais ce soir, non ?

– Ah tu trouves ? Je ne sens pas, moi.

– C'est peut-être juste à cause du hammam que je sens ça, remarque.

– Tu as le visage tout détendu. C'est joli, ta coiffure.

– Ah ! Merci. Je me demandais si ça te plaisait, tu ne disais rien. Ça m'a fait du bien, ce soin, tu n'imagines pas.

– Comment vont les Martoni ?

– Écoute, plutôt bien, je dirais. Tu sais, Magali raconte pas grand-chose sur eux. Ils veulent partir en vacances en Crète.

– Ah ouais ? Drôle d'idée.

– Tu trouves ?

– Oui, je sais pas. Je sais pas si j'aurais envie d'aller en Crète, moi, tu vois.

– Apparemment, les gravures du site qu'on a vues l'autre fois sont proches de celles de Crète. Franchement ça a l'air cool, la Crète. Avec le Minotaure et tout.

– Peut-être, je sais pas. Je crois que j'aimerais aller quelque part dans les montagnes.

– Il y a des montagnes en Crète.

– Oui. Mais des montagnes plus proches m'iraient bien.

– Par exemple dans les Alpes ?

– Oui, par exemple. Dans le coin du site préhistorique ça avait l'air beau. Ou alors je me verrais bien au bord d'un lac. Tu voudrais qu'on aille marcher en août ?

– Peut-être.

– Tu voudrais aller où, toi ?

– Je sais pas. Ça me paraît loin les vacances. Ça te dit salade et bressaola comme dîner ?

– Très bien. Je meurs pas de faim.

– Ça a donné quoi, ta journée ?

– Boarf. Pas mal bossé. Tu sais qu'au Sablier –

– Encore le Sablier ? Jeannot…

– Bon, je me tais. C'est juste que les armes y sont.

– Arrête de penser aux armes. Tu finis par m'inquiéter.

– Bah c'est inquiétant, en fait, donc bon.

– On ne va pas reprendre ce thème, si ?

– Comme tu préfères.

– Ne te vexe pas, chéri.

– Je ne suis pas vexé. Tu veux pas en parler, donc parlons d'autre chose, si tu préfères.

– Mouais, pas vexé… Embrasse-moi, bébête.

– Elle est bien cette musique.

– C'est Yung Lean. D'ailleurs, il y a une bonne soirée au Métropolis vendredi soir. On avait dit qu'on irait danser.

– Ah ouais ? fais voir ? Oui, ça a l'air pas mal. Allez.

– Trop bien. J'ai envie de danser.

– Vendredi je n'ai rien le matin. Je bosserai l'aprèm. On pourrait aller dîner avant, non ?

– Mais grave. Je réserverai demain.

– C'est bon, la viande crue.

– Tu m'aimes ?

– Je t'aime Baya, tu le sais.

– Oui, je le sais. Mais j'aime mieux que tu me le dises. Tu as vu le dallage de la piscine ?

– Ouais. Enfin je suis passé, je regarderai mieux demain. Tu es contente ?

– Jean, c'est pas tant la question. On n'a pas fait poser ces dalles pour que je sois contente, franchement.

– Bah, ne t'énerve pas. Je voulais savoir ce que tu en pensais.

– J'en pense qu'on se serait passés de claquer huit cents balles là-dedans, si tu veux savoir. J'en pense que ça commence à nous coûter cher, ces sales bêtes.

– C'est sûr. Mais bon. Pas la peine de s'énerver.

– Je vais prendre exemple sur toi alors.

– Pourquoi tu dis ça ?

– Je sais pas, tu es bouddhique avec cette histoire. Tellement bouddhique que j'ai l'impression que tu t'en contrefous, par moments.

– C'est faux, tu le sais très bien. Je pense juste qu'il faut faire preuve de –

– Je sais pas de quoi tu fais preuve, à part d'un détachement qui frise l'aveuglisme.

– De patience, Baya, c'est bon, du calme. On habite sur une colline, il y a de la forêt, il y a des sangliers, c'est comme ça.

– Super. Et si je te dis que les armes au Sablier c'est comme ça, tu réponds quoi ? Vas-y, dis-moi.

– Je ne vois pas le rapport.

– Moi je le vois, le rapport. Pour les trucs qui ne nous concernent pas, tu te préoccupes, mais ce qui se passe chez nous, tu t'en moques. Tu refuses de mettre une clôture et fin de l'histoire. Désolée mais je trouve pas ça OK.

– Je ne m'en moque pas. Et ça nous concerne.

– Tu m'accompagnes pas au conseil, tu te fous des travaux de Rowry, tu te fous aussi de ses rapports avec la voisine, by the way –

– Ça ne nous regarde pas.

– Et le Sablier, ça te regarde ? Ce qui nous regarde, c'est d'être en sécurité chez nous, il me semble. Et si je ne m'en occupais pas depuis trois semaines, je vois pas ce qui aurait changé.

– J'étais au boulot, Baya. Qu'est-ce tu veux que je fasse ? Dis-moi ce que j'aurais dû faire et que j'ai pas fait.

– C'est pas la question.

– Alors c'est quoi la question ? Allez viens on arrête. OK ? S'il-te-plaît. Tu peux me passer le briquet ? Merci. Tu veux regarder un film ? Il y a un western je crois.

– Non, pas très envie.

– Tu es fâchée ?

– Non. Laisse tomber. Mais pas envie d'un film.

– Bon. Laisse, je débarrasserai. Baya ? Je peux t'embrasser ? Pfff.

28

Et donc non, Baya n'est pas devant ce bon vieux western, la tête sur les genoux de Jean, allongée en position fœtale sur le canapé en cuir vachette beige qui occupe le grand espace du salon devant l'ancienne cheminée accueillant l'écran ; elle n'est pas en train de regarder comment les méchants succombent aux gentils qui ont pour eux la ruse et la vertu en plus des revolvers à six coups, dans des paysages à couper le souffle, quelque part aux marches de l'empire, d'un autre empire. Fin de l'union miraculeuse.

À la place, elle s'était assise dans un transat près de la piscine, elle avait sorti sa tablette tactile et cherché des choses sur le géant Ysbaddaden et sa fille Olwen, et sur la traque du sanglier géant des Cornouailles. Elle n'avait pas trouvé grand-chose de plus que ce que lui avait raconté Rowry ; cependant, elle avait appris que ce mythe n'avait jamais été couché par écrit par les Celtes eux-mêmes, dont les druides se méfiaient de l'écriture : c'est oralement qu'il s'était transmis durant plusieurs siècles, jusqu'à l'évangélisation des îles Britanniques. Les clercs chrétiens le transcrivirent, on se demande un peu pourquoi, et c'est ainsi que l'histoire de la grande chasse de Twrch Trwyth, de la victoire de l'humain sur la bête, et de la coiffure des cheveux comme faits de civilisation, nous parvint.

Ce mythe était à rapprocher, selon certaines analyses, de celui du Minotaure. Baya apprit d'ailleurs que selon d'éminents savants, toute mythologie associait trois fonctions sociales complémentaires : le sacré, la guerre et la production. Certains disaient aussi que les mythologies n'étaient là que pour cartographier le monde connu, déterminer ce qui relevait de l'humain et du sauvage – en l'occurrence, marquer les frontières de la forêt des Cornouailles. Mais apparemment d'autres savants n'étaient pas d'accord avec ça.

Elle en eut bientôt plein la tête et tapa simplement « sanglier » dans la barre de recherche. Elle entendait les coups de feu provenant du salon.

Et là, il se passa quelque chose, que Baya ne remarqua pas. Baya n'était pas très encline à l'introspection – ou peut-être était-ce juste que la vie lui avait jusqu'alors rarement posé question. Elle ignorait donc aussi bien ce qu'elle cherchait exactement à savoir, que le sens de cet éclair d'intuition qui lui passa plusieurs fois dans le diaphragme en découvrant – quoi, pas grand-chose – les soies et les défenses, les bauges et les hordes. Elle suivait les liens. Elle cherchait l'animal qu'elle voulait chasser de chez elle.

Qui aurait cru que tu arriverais ici, Baya ? Te voilà entrée dans le labyrinthe. C'est toujours imprévisible, ces histoires, ce qui se déclenche, et pourquoi. Or te voilà à suivre des liens, des pistes, des laisses ; à débusquer des perdrix cachées dans les fourrés à coups de CTRL + MAJ + T à en faire chauffer la svelte machine. Tu réveilles d'un clic, aux quatre coins du globe, les circuits électriques de grands corps endormis qui subitement entendent ta requête. Les serveurs assoupis dressent la tête, hument ton parfum qui te précède sur ces sentiers peu fréquentés, parmi la chélidoine majeure et les genêts encore verts. Ils réagissent, ils sont faits pour ça ; ils t'envoient tous tes fantasmes et encore tous les autres, mises bas, pillages, invasions. Tu cliques encore. Tu ne penses pas, tu regardes. Il y a peu d'images d'eux, car ils sont farouches. Mais à force de patience les voilà qui courent devant toi sur l'asphalte ; les voilà qui grognent, puis en caméra infrarouge passant sur une route périurbaine. Tu cliques. Tu traques.

Et à quel moment cela advint-il ? Baya découvrit quelque chose qui ne ressemblait à rien de ce qu'elle avait pu imaginer, et qui pourtant était exactement ce qu'elle cherchait. C'était en vidéo. Ça se passait quelque part non loin de là où s'affrontaient, dans le film que regardait Jean tout seul dans le salon, les Indiens coiffés de plumes et les cow-boys de stetsons. Mais il n'y avait ni l'un ni l'autre. Seulement de vastes champs absolument lisses, à perte de vue, paysage vert qui n'a rien de naturel, c'est l'aboutissement paraît-il de l'agriculture par laquelle la race humaine est sortie de l'empire animal il y a huit millénaires.

Il y avait des gens qui expliquaient qu'il fallait défendre leurs cultures, leurs récoltes. On apprenait que plusieurs États avaient autorisé l'extermination des nuisibles par tous les moyens. Les vidéos se suivaient automatiquement sans que Baya eût besoin de cliquer : elle était arrivée.

Depuis un hélicoptère, une caméra GoPro fixée au canon d'une mitrailleuse immortalisait le carnage.

Les pales de l'hélicoptère tournoyaient en ombre portée sur les tiges vertes, absolument identiques, parallèlement ployées par le vent de la machine. Des sangliers tâchaient en vain de se dissimuler parmi les épis du maïs maître des lieux. On pouvait deviner leur panique.

Le canon de la mitrailleuse brillait de petits flashes en déchargeant ses rafales, comme dans un jeu vidéo *first person shooter*.

Les animaux tombaient en convulsant, dans le vacarme d'une musique belliqueuse.

Le type qui tirait avait payé cher pour le faire, c'était un loisir, il en était très content. Les pourvoyeurs de ce service étaient des exploitants agricoles qui rentabilisaient doublement leur hélicoptère. Tout le monde y gagnait.

Les vidéos se succédaient.

Ailleurs, en infrarouge, on voyait le viseur se pointer sur les silhouettes trapues des porcs sauvages qui apparaissaient en gris clair sur l'image nocturne en noir et blanc; le temps d'une détonation, les animaux couinaient, l'un d'eux s'effondrait en se tortillant, les autres fuyaient en ordre dispersé.

Des scènes similaires se reproduisaient en caméra thermique, les bêtes vert fluo et orange dans le noir de la nuit qui était gris à l'écran. Cavalcades, convulsions.

Souvent la musique choisie pour accompagner les vidéos était très forte.

Sous les vidéos, les commentaires enthousiastes félicitaient les tireurs.

29

– Mais qu'est-ce qu'elle est venue foutre ici ? se demanda Jean à voix haute, en serrant le frein à main dans l'allée à double ornière, au talus central piqué d'herbes sèches, qui constituait l'accès à la propriété des Moutte.

Jean n'y était jamais entré. Les chiens dans leur cage de grillage aboyaient comme des forcenés, manifestement en désaccord avec le fait que Jean pénétrât chez eux. De ce que celui-ci pouvait en comprendre, c'étaient des chiens de chasse qui servaient aussi de chiens de garde. Il n'aimait pas beaucoup les chiens. Il verrouilla machinalement le SUV et avança le long de l'ornière gauche, jetant de brefs coups d'œil autour de lui. « Passe me chercher chez les Moutte, on remontera ensemble », avait écrit Baya alors qu'il sortait de son rendez-vous chez un fournisseur, environ une heure plus tôt. À présent le soleil déclinant, brûlant, éclairait latéralement les cyprès bordant le terrain, la R21 désossée dont les jantes reposaient sur des parpaings enfouis dans les hautes herbes, la série de trois cabanes de jardin faites de bric et de broc, piles de tuiles, bidons bleus de récupération d'eau de pluie, puis soudain un magnifique massif de pivoines.

La maison des Moutte lui apparut après un coude de l'allée, flanquée à cet endroit de deux colonnes de briques coiffées de moulages de lions jumeaux dont le plâtre était devenu gris, ne défendant nul portail et pourtant le suggérant par leur présence. C'était une bastide ancienne, passablement décatie, et dont le crépi était en plusieurs endroits reprisé de ciment. Jean manqua de marcher sur une poule qui s'enfuit en caquetant. Par la porte-fenêtre de ce qui était certainement la cuisine, il aperçut, sous la lumière d'une ampoule électrique précocement allumée, le dos bronzé et le carré lisse de Baya. Il avança, intimidé. Sa femme était en plein discours, il voyait sa tête pivoter et ses mains s'agiter devant elle. Quand il atteignit le pas de la porte, ses interlocuteurs, père et fils Moutte, lui adressèrent un regard froid, muet, ni surpris ni avenant ; en fait presque l'inverse d'un regard, aussi vide que celui des deux lions de plâtre ou que celui des jeunes gens qui tenaient le mur au Sablier. La mère Moutte était debout, appuyée contre le rebord du large évier rectangulaire. Elle lui fit signe de s'asseoir à la table.

Baya ne s'interrompit pas mais esquissa un sourire à son encontre.

Jean eut d'abord du mal à écouter ce qu'elle disait, perturbé par le bruit parasite de la télévision accrochée en hauteur comme dans certaines chambres d'hôtels routiers et branchée sur le journal télévisé régional, marmottant sur la canicule précoce. Dans la cuisine il faisait plutôt frais. Madame Moutte plaça un verre Ricard devant Jean, qui la remercia. Monsieur Moutte père lui servit une rasade de pastis qui laissait à peine la place d'ajouter de l'eau. Le fils Moutte s'examinait les ongles, qu'il avait fort longs et un peu sales. Baya dit :

– À la fin, on n'est jamais si bien servi que par soi-même, et le ton définitif qu'elle avait signifiait à la fois une conclusion et l'invitation faite aux autres membres de cet étrange colloque à prendre la parole à leur tour.

Elle avala une courte gorgée d'anis dans le verre quasiment plein qu'elle avait devant elle. Dans le poste, un agriculteur en polo vert pâle déclara, en plein soleil devant un corps de ferme ultramoderne, que c'est sûr qu'avec la crise là ça risque de faire très très mal. Puis on vit subitement une plage noire de monde et ce fut la fin du reportage.

Le fils Moutte regarda Jean, attrapa une olive, et sans le quitter des yeux la lança en l'air et la goba avec une adresse inattendue de la part d'un corps si massif que sa nuque semblait atrophiée. Manifestement satisfait de sa propre adresse, il lui fit un clin d'œil, sans sourire. C'était un peu gênant.

– Eh…, dit très lentement la mère Moutte. Elle avait une voix étonnamment fluette. C'était la première fois que Jean et Baya l'entendaient.

– Permis de chasse, finit par dire sur un ton interrogatif le fils Moutte, s'adressant à Jean.

– De chasse ? Non, répondit celui-ci.

– Ah, ponctua l'énorme garçon, retirant délicatement le noyau d'olive de sa bouche et le posant devant lui sur la toile cirée décorée d'agrumes, au bout de la rangée des autres noyaux précédemment recrachés.

– Non, nous n'avons pas de permis de chasse, reprit Baya d'un ton d'excuse que Jean ne lui connaissait pas. C'est pourquoi nous avons pensé que vous…

Elle n'acheva pas sa phrase. Jean ne disait rien. Nous ? Pensé que quoi ? Il n'osait pas regarder son épouse. Il avait l'impression d'être dans un de ces rêves où l'on se trouve subitement au milieu d'une scène incompréhensible où tout le monde semble attendre votre réaction. Le silence s'éternisa. Un bruit de moteur passant sur la route, aussitôt suivi de l'aboiement des chiens, surnagea un instant dans le vacarme des cigales qui faisait comme un rideau devant la porte-fenêtre. Moutte fils tchipa entre ses dents, sans regarder personne. Jean but une gorgée de pastis, piquant à force d'être tassé.

La mère Moutte s'approcha de la table et se tint debout près de son fils. Il lui arrivait à l'épaule même en étant assis ; et le mystère de l'engendrement paraissait encore plus profond comme ça, tant il était improbable et monstrueux d'imaginer que l'énorme garçon était la chair de la chair de cette petite brindille de femme, moins encore, une aiguille de pin.

– Vous savez, cher monsieur, les choses ne sont pas si simples que vous avez l'air de le croire, déclara soudain le père Moutte, d'une voix rocailleuse dont l'accent prononcé soulignait chaque mot. Il s'adressait à Jean pour répondre à Baya. On a beau être en république, on ne fait pas exactement ce qu'on veut. Certes oui, les sangliers sont classés comme nuisibles par la préfecture sur le territoire communal, et le droit de chasse a été étendu et simplifié. Techniquement, on pourrait par conséquent les dégommer. Mais d'abord et avant tout il faut un permis de chasse ; si vous n'êtes pas chasseur vous-même, vous pouvez déléguer votre droit de prélèvement sur vos terres à quelqu'un d'autre – jusqu'ici, cela pourrait jouer en votre faveur rapport à ce que demande madame ; mais néanmoins ce droit est exclusivement réservé aux exploitations agricoles. Or vous n'êtes pas exploitants agricoles, n'est-ce pas ? Donc, c'est raté pour vous. On a beau être en république, le droit c'est toujours celui du préfet d'abord, pas le vôtre.

Ça a beau être chez vous, en quelque sorte ce sera toujours chez lui.

M. Moutte, arrivé au bout de son élégante démonstration, se tut et avala son verre de pastis en deux gorgées, comme s'il s'était agi de sirop d'orgeat. Il y eut un silence.

– Bon, mais la préfecture, on peut toujours lui désobéir, dit Baya.

Jean, interloqué, se tourna vers sa femme. Voilà qu'elle expliquait à des inconnus qu'elle comptait passer outre aux règlements. La dernière fois qu'elle avait fait ça, c'était quand elle soutenait les gens qui s'occupaient des migrants à la frontière, pour recueillir des humains traqués ; à présent, c'était pour traquer des bêtes.

– Ceci dit, continua-t-elle, il nous faudrait tout de même pouvoir chasser, et nous n'avons pas de permis… ni de fusil. Ce n'est pas un problème d'argent, dans notre cas.

Il y eut un nouveau silence, interrompu seulement par un second tchip, plus sourd, de Moutte le jeune.

Elle était en train de faire ça. Aussi ahurissant que ce fût, Baya était en train de suggérer à des gens dont ils s'étaient toujours à la fois vaguement moqués et vaguement méfiés qu'elle leur achèterait bien un fusil de chasse en loucedé, autour d'une nappe décorée d'agrumes.

– On va y aller, Baya, dit Jean en tâchant d'avoir l'air détendu.

Baya ne lui prêta aucune attention, les yeux plantés dans ceux de Moutte père, déterminée, splendide.

Moutte père soutint son regard, imperturbable, puis il leva les yeux vers le téléviseur. Jean fit de même et reconnut aussitôt les bâtiments bas du Sablier. Son attention fut aussitôt absorbée par la voix off, qui annonçait seulement un plan de rénovation urbaine – façon détournée, sans doute, de dire aux citoyens que l'État avait les choses en main après les faits divers des derniers jours, et s'apprêtait à tout faire sauter, pour avoir la paix. La bonne vieille recette impériale de l'aménagement et de la déportation des irrédents.

– C'est pas là qu'ils s'embarrassent de la préfecture ou du permis de chasse, tiens, dit le fils Moutte.

Jean eut envie de dire quelque chose. Ne le fit pas. Se sentit épuisé. Baya, elle, fixait désormais le gros garçon avec une concentration totale.

– Eh, redit Mme Moutte.

– On va y aller, répéta Jean, et il se leva en même temps. Il n'en pouvait plus.

30

Et bien sûr il y eut une nouvelle dispute, assez brève, parce que Baya ne répondait à Jean que par monosyllabes, et qu'il détestait s'énerver tout seul, puis un moment où chacun boudait ; ils se couchèrent tôt, sans un mot ou presque. Mais lorsqu'ils éteignirent la lumière il se passa tout autre chose. Ils firent l'amour dans le noir, sans se parler, commençant doucement, se respirant, se serrant l'un contre l'autre. Les paroles et les regards laissés de côté, leurs peaux et leurs souffles se chargeant de la communication entre eux. Les mains ouvertes caressaient les étendues douces et parcouraient les reliefs des chairs ; les lèvres attrapaient, relâchaient, effleuraient. L'odeur des cheveux, le rythme de l'haleine faisaient office de langage. Il n'y avait rien à dire, rien à montrer, c'était l'accouplement qu'on n'a pas besoin de commenter ni de décrire. Peut-être leurs consciences, tout en étant entièrement présentes à ce qui advenait de leurs corps emmêlés, étaient-elles exilées quelque part bien loin de cette chambre sombre où seule filtrait, presque imperceptible, la lumière de la lune sur le côté du volet ; quelque part où le drap ne glissait pas sur leur jambe, où les poils et les sueurs n'existaient pas – en tout cas, elles n'étaient pas là.

Au fond en avaient-ils vraiment besoin, de ces consciences, au-delà de ce qui est strictement lié aux milliers de capteurs et d'ouvertures microscopiques de la peau, des entrailles, au-delà de ce qu'on appelle instinct ? Ces consciences bardées de savoir, de lexique, de mémoire, de logique, ces immenses architectures de stockage et de codage du réel et des rapports avec autrui, cet infini réservoir de légendes apprises, d'espoirs informulés, de rêves étranges et de principes certains, voilà qu'ils s'en étaient dépouillés sans même prendre le temps de se le notifier, parce qu'en éteignant les lampes de chevet leurs peaux seules s'étaient mises d'accord ; et à présent le raffinement qui faisait ce qu'ils appelaient leurs personnalités, qui faisait qu'ils s'étaient choisis l'un l'autre spécifiquement, s'étaient approchés, considérés, élus, accordés parmi la foule, cette patiente construction d'un récit commun à partir du hasard, reposait à l'abandon comme leurs chemises sur le fauteuil contre le mur, dépouille de tout ce qui en l'humain excède l'animal.

Il ne restait que ces deux mammifères chauds et doux, liés par cet attachement qui n'avait rien de réfléchi, occupés seulement à aller ensemble vers cet étrange point de soi où l'être est nu, anonyme, et comblé dans ce que c'est que vivre.

Il n'y avait pas eu besoin de quoi que ce fût s'apparentant à un signal. Il n'y avait pas eu besoin de faire la paix. Peu importait même qu'ils soient mariés, qu'ils se connaissent, ils auraient pu être n'importe qui puisqu'ils étaient seulement deux corps – deux organismes infiniment complexes que nul ne pouvait se targuer sur terre d'avoir inventés, un immense et précis entrelacs de tissus, de fluides, une merveille de chimie et d'électricité, alliage parfait de minerais rares, de connecteurs haute précision, tournés vers ce but sauvage et indubitable : la vie, qui elle-même se parait de tous les plus beaux atours d'un plaisir qu'on n'aurait pas été capable d'inventer non plus, et qui surpassait pourtant à l'évidence tous les autres. C'était venu, ça s'était imposé à eux à ce moment-là, dans une de ces secondes un peu miraculeuses où l'obscurité chaude suffit à tout. Ils avaient posé les armes. Point de langage.

Ensuite ils s'étaient rendus à la salle de bains, avaient bu de l'eau fraîche au robinet, libérés d'eux-mêmes, heureux sans pensée, avaient uriné sous le poster scotché au mur au-dessus de la chasse d'eau, reproduction de l'affiche d'un western avec Clint Eastwood, stetson sur le front et revolver à la ceinture, quelque part dans une vaste terre dénudée sous le ciel.

31

La lune presque pleine brillait dans un ciel encore clair. Le solstice approchait. Ils avaient quitté les collines et les roches, suivi l'autoroute vers Marseille, atteint l'endroit qui n'était pas encore la ville mais qui était déjà la ville, où les lampadaires scintillaient en plan hippodamique dans un élargissement soudain des anciennes vallées, vaste zone. Baya avait conduit très vite, d'une main très sûre. Elle avait garé la Saab sur un parking voisin et non devant le club, et à travers le pare-brise ils avaient brièvement vu, avant de couper les phares, la rangée vert fluo de papyrus trahissant, au bord du périmètre carrossable, le passage d'un ancien ru d'irrigation dans ce qui avait été des champs. Ils avaient fait deux lignes de poudre blanche sur le livret d'entretien du véhicule, tout en écoutant Matias Aguayo. Peut-être le jeune garçon en scooter qui était venu leur livrer la drogue, plus tôt, était-il du Sablier, avait pensé Jean. À présent il n'y pensait plus.

Ils avaient successivement aspiré la poudre. Baya avait senti l'étrange détente toxique s'emparer de ses neurones, avait piqué la cigarette de Jean, lui avait souri. Ils n'avaient pas beaucoup parlé en buvant un verre au domaine des Saint-Natuche, qui s'apprêtaient à inaugurer la saison de leurs apéros chics pour gens chics. Baya avait éludé la question du conseil municipal avec l'héritière, parce qu'à présent elle comptait bien ménager ses forces. Ils n'avaient pas beaucoup parlé non plus au restaurant où ils avaient mangé du poisson, dans un petit port de pêche à une vingtaine de kilomètres de Liguria, dont chaque appartement valait un œil de smicard et où ils s'étaient arrêtés sur le chemin. Ils avaient trinqué au contrat Sud Soleil, quand même un joli paquet de moula. Ils n'avaient pas beaucoup parlé non plus pendant le trajet en auto.

Baya savait qu'il n'y avait pas grand-chose à dire ; elle avait senti les jours précédents la désapprobation de Jean croître silencieusement dans les gestes les plus simples de celui-ci, dans ses regards qui se perdaient dans le vague, dans son absence totale de mention de ce qui s'était dit chez les Moutte. Elle prenait cela avec fatalisme. Elle savait qu'il faut jouer sa partition jusqu'au bout, y compris dans l'attelage que forme le couple, et qu'elle jouait la sienne, parce que c'était ainsi qu'elle jugeait nécessaire d'agir. L'expliquer à Jean n'aurait mené à rien. Il ne voulait pas entendre. Sans doute y avait-il aussi des choses qu'elle ne voulait pas entendre. Elle n'y pensait plus. Elle était contente d'aller danser. Elle caressa le biceps de Jean, au bord de la manche du tee-shirt. Ils sortirent du véhicule.

Le Métropolis était le plus grand club de la côte ; de l'extérieur, il formait un parallélépipède de tôle à peu près similaire aux autres hangars de la zone d'activités où il était sis, elle aussi la plus importante de la région et même, selon certaines statistiques, l'une des plus importantes de l'Union. Sud Soleil, à côté, aurait eu l'air d'un poussin près d'un hippopotame. Le parking de la boîte était agrémenté de placettes avec des gros yuccas en pot auprès de tables hautes, où l'on pouvait aisément se donner rendez-vous ; quelques petits groupes s'y pressaient dans la lumière des spots halogènes qui éclairaient les palmiers par en dessous. Jean et Baya n'avaient rendez-vous avec personne. Légèrement euphoriques et légèrement ailleurs, ils prirent place dans la file d'attente, elle éclairée violemment par au-dessus, sous les lettres néon géantes qui proclamaient MÉTROPOLIS dans la nuit violette.

Les videurs ne firent aucune difficulté pour laisser entrer ce couple manifestement à l'aise socialement et économiquement. Ils n'avaient rien à déposer au vestiaire. Ils allèrent chercher un verre. La drogue était plus forte que Jean l'avait escompté, il s'en rendit compte dans la pénombre électrique. Il trouva que c'était plutôt une bonne nouvelle. La musique était très forte, pulsations parcourues d'éclairs aigus. Ils s'approchèrent de la piste, se noyèrent dans la foule bigarrée. Aux platines, Yung Lean avec quelqu'un d'autre. Le tempo accélérait.

Les infrabasses étaient très fortes. Les battements par minute étaient très élevés. Des silhouettes se déhanchaient sur les podiums. Les lumières étaient changeantes, parfois c'était éblouissant. Jean savait très bien que ce qu'il vivait ne demeurerait en lui que sous la forme confuse de quelques images, secondes aléatoires prélevées par sa rétine, un pas de danse, une expression à peine distincte du DJ, un conciliabule devant lui, une nuque avec des mèches de cheveux, et peut-être, ces quelques pas qu'il exécutait avec Baya, les yeux droit dans les yeux, penser avec la colonne vertébrale, elle souriait mais lui gardait un visage appliqué dont il n'était pas vraiment conscient. Ils ne s'approchaient pas vraiment l'un de l'autre, se frôlaient parfois. Baya planait, des rires parcouraient son visage, elle applaudissait de temps en temps en direction du chanteur aux paroles incompréhensibles. Elle regarda Jean avec un amour immense. Elle eut envie de l'embrasser, l'embrassa. Puis elle disparut dans un pas d'entrechat typique du XXIe siècle.

Jean resta sur la piste. Il n'aurait su dire s'il dansait, s'il écoutait la musique, s'il pensait à autre chose. Par un genre de vieux réflexe il repéra les dealers présents dans les coins, les types de la sécurité du club aux balcons. Une fille très jeune vint danser avec beaucoup d'agitation devant lui. Il rit sans autre raison que l'euphorie qui circulait dans le rapprochement de tous ces corps humains mus par le rythme, dans la chaleur des mouvements. Ils formaient ensemble un grand organisme électrique dont Jean faisait partie. Au bout d'un moment il eut soif et se rendit au bar, prenant garde à progresser dans l'attroupement compact où chacun tentait d'attirer l'attention des bartenders en premier. Une femme aux cheveux roses l'écouta demander en criant un gin-tonic, le lui servit en discutant avec un de ses collègues tatoué à l'avant-bras d'un bracelet noir, lui tendit l'appareil où il déposa sa carte magnétique pour payer. Avec son verre, il monta au balcon, regarda la piste d'en haut en fumant une cigarette, ce qui était à la fois interdit et toléré, comme la plupart des choses ici. Il se sentit bien. Il se sentit calme pour la première fois depuis longtemps. Vu d'ici, il allait simplement lancer son chantier à Sud Soleil, puis partir en vacances avec Baya quelque part, où elle voudrait. Ils dépenseraient l'argent pour se mettre bien et voilà tout. Disparaître un peu de tous ces jeux trop complexes où il s'était senti malgré lui entraîné. Je suis libre, pensa-t-il, avec cette conviction un peu idiote et néanmoins très satisfaisante que procurent les neurotoxiques.

Sa cigarette était terminée. Il tâcha de distinguer Baya dans la foule des danseurs en dessous de lui, n'y parvint pas. Ils étaient toujours très indépendants lorsqu'ils allaient danser, c'était une chose qui lui avait plu avec elle. Mais il avait maintenant envie de la retrouver, de danser plus près d'elle, peut-être simplement parce que le rythme des basses avait changé.

Lumières, beaucoup. Sons, beaucoup. Célébration mystérieuse et collective très belle. Il descendit les escaliers qui menaient à la piste, la parcourut au gré des pas des groupes de danseurs qu'il rencontrait, cherchant un visage, des cheveux tirés en arrière. Le stroboscope affichait des bouches, des bras ondulants. Il ne voyait Baya nulle part.

Puis soudain dans le vacarme de pulsations du corps géant elle fut devant lui. Elle dansait les yeux fermés, elle dansait avec une autre femme. Il reconnut la femme. C'était la femme.

Elles étaient à un mètre de lui mais elles ne le voyaient pas. Elles dansaient ensemble, les hanches rapprochées, les visages se frôlant mais détournés l'un de l'autre, la bouche de Baya fermée sans un sourire, la nuque nue de la femme légèrement penchée, les bras entrelacés par la danse, sans se toucher, les torses face à face. Une danse étonnamment lente dans les éclairs sourds de la musique qui se répercutait dans le plexus, dans le ventre de Jean. Elles ne le voyaient pas. Il ne bougeait pas, fasciné, figé parmi les danseurs. La joue de Baya près des lèvres de la femme. Deux bouches proches l'une de l'autre. Elles pivotèrent un peu, de sorte que Baya lui tournait à présent le dos, et la femme lui faisait face. Il voyait le dos de Baya onduler devant lui, lascif et muet. La femme dansait d'une façon qu'il lui semblait n'avoir jamais vue. Puis la femme ouvrit les yeux, et les planta droit dans ceux de Jean, le visage absolument inexpressif, le regard phosphorescent.

Il s'enfuit.

32

C'est le petit jour. Les rochers, les herbes paraissent gris. Il y a un vent léger qui disperse la rosée et fait comme un grondement dans l'air. Hormis cela aucun bruit. C'est une immense étendue accidentée, minérale, où la végétation est robuste, farouchement cramponnée aux anfractuosités de pierre, piquante et sèche. La route est loin en contrebas. Il ne reste ici que des sentiers, plus ou moins larges, plus ou moins marqués. Tout à l'heure le soleil paraîtra et donnera aux choses leurs couleurs : vert, blanc, jaune, noir. Pour le moment rien qu'un gris brumeux. Il est très tôt, il fait presque frais.

Jean a couru, mais il s'est remis au pas. La drogue et la nuit blanche font s'emballer son cœur trop vite dans l'effort de l'ascension. Il marche d'un pas rapide, précipité, il monte. Parfois on le voit bifurquer brutalement, ou se figer avant de reprendre sa marche. Plus haut, il y a des gros blocs de roc, comme un chaos. Il va par là. Il est absolument seul. Le sang battant à ses oreilles n'est pas si différent de la musique qu'il entendait il y a seulement quoi, une heure, deux, il n'a pas fait attention. Son pouls trop fort et le vent, dans ses tympans et dans les arbres, plus haut, quelque part, un genre de forêt, et dans les pierres.

Il monte, longe les arbres bas et les fourrés piquants, suit un sentier poussiéreux et plein d'obstacles qu'il évite sans sembler les remarquer. Le sentier passe entre deux blocs de roche, décorés de gravures malhabiles d'autres passants. Il continue de monter. Ce n'est pas une errance et ce n'est pas un parcours. Il est déjà venu ici, parfois, lors de leurs excursions dominicales avec Baya. Il n'y pense pas. Il reconnaît les lieux sans les reconnaître. Il n'est peut-être pas complètement lui-même.

Hormis les sentiers, il n'y a rien d'humain. C'est un endroit que les gens arpentent ou parcourent mais ils ne restent pas. Dans les garrigues subsistent des éboulis de pierre, vestiges d'abris temporaires des humains d'un ancien empire, qui venaient ici faire paître des troupeaux, peut-être. Plus bas parfois les traces d'un feu de camp, mais plus à cette altitude désolée.

Le sentier que Jean suit comme un forcené monte et monte encore. Parfois il s'aide de ses mains pour se hisser plus haut. Il fait des grands pas rapides, agiles. Il ne semble pas se rendre compte de l'effort. Le vent de l'aube sèche sa transpiration. Il ne sent pas la soif. Il passe à couvert, évite les troncs tordus, les buissons d'épineux. Ses baskets sont pleines de poussière et de picotins d'herbe fichés dans les lacets. Son jean s'érafle dans des ronces basses, des houx. Il monte.

Enfin le chemin devient moins pentu, file presque tout droit le long de la crête. Il avance encore plus vite, son souffle, le vent, son pouls, rien du langage. Il se remet à courir, d'ailleurs, allure humaine faite pour la fuite ou la chasse. Cela dure un peu, les arbres s'espacent, il arrive sur le genre de prairie arrondie qui s'ouvre tout à coup au bout de l'éminence, dominant la baie de Liguria.

OK, il peut s'arrêter un peu. Il est bien plus haut que d'habitude. Au bout d'un moment, il s'assoit sur un rocher, sort une Gitane de sa poche, l'allume, le regard dans le lointain de la mer encore grise. À gauche, au levant, l'horizon forme un trait blanc et brumeux. À droite, le ciel est bleu roi. Il aspire une bouffée, une deuxième, la fumée est âpre et lui cartonne la bouche.

Il reconnaît sans s'y arrêter les grues du port, le serpent de l'autoroute, la carcasse de Sud Soleil, les dix barres du Sablier et la falaise près de chez eux, qui d'ici paraît à peine un téton. Chez eux. Il ne pense à rien. Puis il pense qu'un jour quelqu'un viendra ici et verra les vestiges de tout ça sans plus rien y comprendre. Des traces d'occupation sans aucune signification. Ou alors tout sera enfoui sous de nouvelles constructions. Ou alors la forêt reviendra recouvrir tout cela. Il s'arrête à nouveau de penser.

Voilà, le soleil paraît. Boule de feu brûlante, rayons éblouissants qui atteignent son visage latéralement et dévoilent ses yeux battus, ses traits froncés dans une moue dure. Il ne s'en rend pas compte, aspire une nouvelle bouffée de tabac. Il a soif. Tant pis. À présent sur l'autoroute de rares points lumineux apparaissent, reflets du soleil sur les carrosseries. Un jour, quelqu'un ne saura plus rien de ce qui occupe sa vie, ce sera comme un alphabet perdu, comme des légendes oubliées. Il finit sa cigarette. Chez eux, la villa, ça formera un tas de pierres éboulées. Mais pas tout de suite.

Il glisse le mégot dans sa poche, se relève, sent la fatigue douloureuse de ses jambes. Il réfléchit un moment à comment il est arrivé ici, se souvient qu'il est monté dans la voiture de deux garçons d'une vingtaine d'années qui l'ont laissé à une sortie d'autoroute. Il a couru sur une départementale, puis est monté. Il ne ressent aucune émotion particulière, lui semble-t-il. Son pouls s'est calmé, il ne l'entend plus à ses oreilles. Des oiseaux invisibles ont commencé à chanter. C'est le matin. Il s'apprête à se remettre en marche. Il se retourne, dos au paysage désormais scintillant dans la pure lumière matinale.

À quelques pas de lui, juste à l'orée du bois, il les voit.

C'est une femelle et ses petits. Il y en a quatre, qui marchent avec encore un peu de maladresse. Ils ont des rayures blanches sur le dos. Jean ne bouge pas, ne ressent rien. Un des bébés se casse la margoulette en glissant sur une pierre, la mère l'attend. Les autres font de petits couinements. La laie regarde Jean. Il soutient son regard sans bouger. Le soleil les éclaire l'un et l'autre, l'humain et l'animal, de la même lumière latérale qui marque leurs traits en ombres portées. Elle pourrait lui foncer dessus, mais ne bouge pas. Ils passent un genre d'accord, semble-t-il à l'humain, mais peut-être qu'il divague. En tout cas, elle ne s'énerve pas, elle ne charge pas. Elle pousse les quatre marcassins devant elle, et toute la famille disparaît dans un fourré. Ça a pu durer trente secondes ou une demi-heure.

Jean a l'impression qu'il voudrait penser quelque chose, mais il ne trouve pas ce que lui dit l'émotion sourde qui l'a saisi. Il soupire, déglutit péniblement une salive poussiéreuse. Il se retourne vers le paysage. Cette fois il cherche la villa des yeux. Il se remet en marche, pour redescendre. Il n'y sera pas avant plusieurs heures.

IV

CHARGES

33

– Je ne sais pas ce que je suis en train de faire, mais je sais que je dois le faire, dit Baya à voix haute, seule dans l'habitacle.

Elle sourit brièvement et attrapa une cigarette dans le paquet sur le siège passager, la ficha entre ses lèvres soigneusement remaquillées, enclencha l'allume-cigare.

Elle fonçait vers l'est. Le disque aveuglant du soleil la frappait de plein fouet à travers le pare-brise. Dans le petit matin, le large ruban de l'autoroute semblait baigné d'or. Elle portait ses lunettes noires. Elle alluma sa cigarette d'un geste sûr et en aspira plusieurs bouffées en la gardant à la bouche. La fumée s'échappait directement par la vitre entrouverte qui mettait dans l'air un sifflement grave. Pas de musique, seulement le moteur. Elle fonçait. Il n'y avait presque pas de circulation et elle savait où étaient situés les radars. Cette autoroute était chère, c'était presque du luxe ; mais si on savait faire fi des limitations de vitesse, elle reliait les deux extrémités de la Ligurie, Marseille et Gênes, en très peu de temps. Elle coupait en deux la plaine côtière, les vallons de l'arrière-pays, puis traversait les montagnes et enjambait les vallées de la riviera avec une indifférence victorieuse. Vue d'ici, la Ligurie était docile, pacifiée pour toujours dans le flux régulier des bolides.

De temps à autre, de larges panneaux marronnasses signalaient des curiosités touristiques, souvent des sites antiques, ou alors des merveilles naturelles. Elle passa à toute vitesse, sans même ralentir, en contrebas du massif rocheux où Jean s'était enfoncé. Elle ignorait qu'il était là. Elle ignorait absolument où il était. Elle s'était juste rendu compte qu'il n'était plus au Métropolis au moment où les lumières s'étaient rallumées. Elle n'en avait ressenti aucune inquiétude, confiance intacte. Elle avait commandé un Perrier qu'elle avait bu d'une traite, puis, sur le parking, dans la lumière grise de l'aube, elle était restée un moment appuyée contre la Saab, humant l'air, tâtant la brise, suivant du coin de l'œil les vols en fusée des hirondelles et passereaux nichés dans les taillis qui bordaient le béton ; observation machinale, sensations animales. Elle avait plusieurs fois secoué la tête en fronçant légèrement les sourcils, puis elle s'était installée au volant.

Elle sortit de l'autoroute, conduisit avec beaucoup de douceur le long des rues endormies, puis sur la piste qui sinuait entre les arbres, et gara la Saab sous un pin. La Criquette était déserte. Elle descendit les rochers d'un pas agile, tenant à la main ses clés de voiture et un chèche qu'elle avait pris dans le coffre. Elle quitta sa tenue de fête, se déshabilla entièrement, les yeux posés sur la mer calme, dorée comme l'autoroute par le soleil levant. À vue de nez, il devait être un peu plus de six heures. Elle entra dans l'eau, frissonna légèrement, plongea, goûta la caresse fraîche sur son corps. Elle nagea longtemps vers le large sans s'arrêter, puis fit la planche pour récupérer son souffle. Elle ne pensait rien. Soleil chauffant sa peau mouillée. Elle regagna le rivage, sortit de l'eau et s'allongea sur une pierre oblongue.

Lorsqu'elle rouvrit les yeux ses cheveux étaient secs, très bouclés. Elle les noua en chignon, genre de coiffure un peu sauvage tenue par le sel. Il n'y avait toujours personne mais elle enfila sa culotte. Elle scruta le large. Au loin, les silhouettes brumeuses de cargos transportant d'inconnues richesses. Des mouettes. Le trait blanc d'un avion dans le ciel.

Quelqu'un arriva. C'était le pêcheur sous-marin avec qui Benoît avait discuté la fois précédente. Il sifflotait, la combinaison néoprène ouverte sur son torse velu, son énorme harpon sur l'épaule. Ils se saluèrent comme de vieilles connaissances.

34

Jean arriva par la forêt. Il avait choisi ce chemin pour profiter de l'ombre, ou peut-être pour rester à couvert. Sa connaissance méticuleuse des traverses, tranchées, pistes et sentiers qui sillonnaient sa colline lui était très utile, et presque à chaque pas il en tirait une satisfaction profonde et informulable. Les odeurs de la garrigue chaude perçaient l'anesthésie de ses narines. La soif seule le dérangeait. À un moment il avait trouvé un robinet de service le long du mur d'une vieille bastide d'altitude, il s'était rincé la tête et avait bu à longs traits. À un autre endroit, il avait cueilli des figues précoces qui surgissaient d'entre les rocailles et les avait mangées chemin faisant. Ses pieds étaient couverts de poussière et sa sueur elle-même sentait la route parcourue. Le vacarme commencé des cigales dans les chênes tordus jetait comme une ouate sur le monde sonore, couvrant le bruit des oiseaux, celui des bêtes.

Il contourna le domaine des Saint-Natuche, restant invisible pour eux, mais bénéficiant d'une vue plongeante sur le mas, au milieu de l'amphithéâtre de vigne. Deux gros breaks immatriculés dans le nord de l'Union étaient garés devant l'entrée de la cave. Les riches touristes venaient faire le plein de boisson pour leur séjour estival. La mi-juin était passée ; ils allaient tous débouler désormais, pensa Jean avec mépris, se croire chez eux. Mais ils n'y connaissaient rien. De là où il était, se figura-t-il vaguement, il aurait pu les mettre en joue et les abattre un à un lorsqu'ils sortiraient de la cave, portant dans les bras leur carton de pinard hors de prix comme un nourrisson, avant même qu'ils aient le temps de comprendre d'où ça leur venait. Ce petit film l'amusa un instant, puis il l'oublia. Il constata les fils électriques qui couraient le long des terrasses de vigne pour empêcher l'intrusion des bêtes sauvages, et eut un reniflement de dédain. Les gens n'étaient bons qu'à s'enfermer. Ils aimaient les cages, ils aimaient la captivité. Par contraste, il se sentait comme un pirate, plus libre que la liberté même. C'était bien sûr illusoire, mais c'était un des plaisirs de la marche.

Il bifurqua dans un vallon assez dense qui évitait la route, continua entre les arbres afin d'arriver à l'aplomb de chez lui. Il chantonnait des bribes de *Frontière Empire*, l'album collectif de PNL, ou peut-être était-ce seulement dans sa tête. Il ne pensait absolument pas à

Baya, ni à sa maison. Il rentrait, simplement, et pensait à boire de l'eau claire. Ensuite, plus loin, il pensa à Baya. Il pensa aux premiers moments qu'ils avaient passés ensemble, au charme. Il se rappela le regard qu'ils avaient échangé, le silence qui s'était fait la première fois qu'ils s'embrassèrent. Soudain le silence.

Il traversa la route, piqua à travers d'anciennes restanques en friche, sautant le long des murets à moitié éboulés. Il arriva dans son jardin. Il ne vit personne. La maison était fermée, le volet mis sur la porte de la cuisine : Baya n'était pas rentrée. Il n'en ressentit aucune inquiétude. Confiance intacte. Il s'approcha de la terrasse, se servit un verre à la carafe restée dehors sur la table, le but d'une traite, remplit à nouveau le verre. Il était en sueur. Il se dirigea vers l'escalier de la piscine, et regarda le paysage offert devant lui. Le soleil commençait à descendre : il devait être dix-sept heures. Il s'en foutait. Soudain son visage fatigué se figea. Son regard vagabond s'arrêta sur un groupe de silhouettes noires courant à travers le verger en contrebas du leur. C'étaient les sangliers. Ils allaient ventre à terre. Il y en avait au moins une dizaine ; on n'entendait pas leur bruit d'ici mais Jean eut presque l'impression de sentir, dans le sol, la vibration de leurs sabots martelant la terre. Ils fonçaient, ils fonçaient tous dans la même direction. Ils sortirent du verger et s'engouffrèrent dans un champ de lavande encore vert, qui devint noir sur leur passage. Jean leva les yeux pour tâcher de deviner le but de leur course. À quelques centaines de mètres d'eux, tout droit, c'était la maison des Moutte, invisible de là où Jean se tenait. Ils fonçaient vers chez les Moutte.

Jean émit un petit sifflement. Il se passa la main sur le visage et c'est seulement à ce moment qu'il se rendit compte que l'eau de la piscine, au lieu d'être étale, clapotait comme si quelqu'un venait de s'y baigner. Il regarda plus attentivement. Sur les dalles flambant neuves, on voyait encore l'endroit où quelqu'un s'était hissé pour sortir de l'eau, laissant une flaque. Ce n'était pas les traces des bêtes. Et en regardant de plus près, on voyait même, presque sèches déjà, les traces des pas qui l'avaient éloigné du bassin. Avec cette chaleur, il était évident que cette baignade inconnue avait eu lieu quelques minutes seulement auparavant. Quelqu'un s'était baigné dans sa piscine presque sous son nez, au moment où Jean arrivait chez lui, peut-être même pendant qu'il buvait un verre d'eau. Le sentiment de liberté disparut.

– Baya ? appela-t-il, même s'il savait qu'elle n'était pas là. Pour la première fois, il repensa à la nuit, à la femme dansant. Il avait tout oublié. Ses mâchoires se serrèrent.

Le bruit d'une détonation déchira le chant des cigales. Les chiens des Moutte hurlèrent. Puis il y eut un silence. Bon. Jean souhaita intérieurement que les sangliers s'en soient tirés.

Jean quitta ses vêtements et plongea, nu, dans la piscine. La fraîcheur de l'eau le saisit, il souffla fort. Il se calma. Il ne nagea pas, il se rinça pour ainsi dire de sa longue marche puis remonta sur la terrasse en s'ébrouant. Les traces de pied s'étaient évaporées.

35

Les bâtiments beiges du Sablier se découpaient en point de fuite au bout de la rue. Elle savait où c'était, mais elle n'y était jamais allée : elle n'avait jamais eu de raison pour. Il était presque dix-huit heures, Baya n'avait toujours pas dormi. Elle était allée en ville, dans le centre de Liguria, avait déjeuné d'un poisson grillé et de tomates, bu d'autres Perrier. Elle s'était rendue à la bibliothèque et, parmi les enfants qui piaillaient autour des bacs de bandes dessinées, elle s'était plongée dans la lecture du journal local, étudiant avec attention toutes les pages de faits divers des deux dernières années. Elle avait toujours son chignon sombre, touffu et luisant de sel. Ses traits tirés par la nuit blanche donnaient à son visage quelque chose de solennel. Elle avait intérieurement rendu grâce à Jean d'avoir mis le doigt sur les bons éléments. Il était très fort, elle l'aimait très fort. Et il était vulnérable aussi. Un regard phosphorescent était passé à la lisière de sa conscience. Il fallait qu'elle le protège.

Elle se gara sur une place en épi entre les bâtiments. Le groupe de jeunes hommes qu'avait vu Jean était à la même place, à peu près composé des mêmes personnes, mais évidemment elle n'en savait rien. Elle s'approcha d'eux, ils la regardèrent avec un air un peu narquois qu'elle ne considéra pas.

– Qu'est-ce qu'il te faut, ma sœur ? dit l'un d'eux, coiffé d'une casquette bleue, sur la visière de quoi étaient posées d'épaisses lunettes aux verres polarisés.

Elle lui jeta un regard hautain, sans répondre. Ma sœur, il se croit où lui. Elle fixa un autre jeune homme qui lui paraissait être le plus âgé.

– Je voudrais parler à quelqu'un qui gère.

Il y eut un rire général quoique peu bruyant, et un tchip dont la provenance ne fut pas identifiée par Baya. D'ailleurs elle s'en fichait royalement. Elle attendit. Ils la dévisageaient toujours, mais une curiosité luisait maintenant à côté de la moquerie dans les yeux fatigués.

Le silence s'installa. Elle ne bougeait pas, traits tirés, pleine de sel, comme sortie de la brousse ; les hommes ne bougeaient pas non plus, soigneusement habillés, les barbes et les cheveux bien coupés, sentant l'eau de toilette. Elle debout, eux assis sur les marches, l'un sur une chaise de bureau, certains appuyés contre les rampes.

Une petite dame traînant un caddie de courses plein à craquer leur jeta un regard en passant, puis continua son chemin. Baya la vit hisser le chariot sur les quatre marches de la porte suivante, sous la lettre C.

Derrière elle, un moteur s'approcha, rétrograda, s'éteignit ; une portière claqua. Elle restait immobile, attendant qu'un de ses interlocuteurs lui donne une réponse.

– Ah mais je vous connais vous ! Vous êtes la dame de la villa, dit une voix jeune. Alors elle se retourna, et reconnut le jeune agent de sécurité qui patrouillait dans la colline et qui avait contrôlé Jean quinze jours plus tôt. Il portait encore sa tenue noire, mais il avait troqué ses rangers pour une paire de Nike multicolores. Elle le salua.

– Oh Jimmy, tu la connais elle ? demanda un autre type, coiffé de petites dreadlocks très régulières. Elle est spéciale. Elle a dit : elle veut voir quelqu'un qui gère.

Les rires reprirent, mais plus brefs, mêlés d'attente.

– C'est rapport à votre problème ? demanda le garçon sérieusement. Elle opina. Il regarda brièvement quelque part derrière elle, dans le lointain.

– Vous avez bien fait de venir, reprit-il ; et se tournant vers les hommes assis : Je vais avec la dame. Je suis pas là.

Il lui effleura délicatement le bras pour l'inviter à le suivre. Les autres types ne riaient plus, et arboraient un air un peu buté, déçus dans leur curiosité, obéissants à la fois.

– Si vous voulez bien vous donner la peine, proféra-t-il cérémonieusement.

36

– Tu es très belle, avait-il seulement dit, la veille au soir, lorsque Baya avait fini par rentrer. C'était ce chignon salé, cette chevelure farouche. Ça lui plaisait.

Ils n'avaient presque pas discuté ; en vérité, ils s'étaient couchés avant même le soleil, dans le bleuté du crépuscule. Ils s'étaient couchés et Baya avait enlacé son époux, l'avait serré contre elle. Il avait déposé de petits baisers sur son front et le chant des cigales n'avait pas fait obstacle au sommeil.

Le dimanche passa dans la torpeur. Il était encore épuisé de ses heures de marche, elle de sa longue quête et de sa longue négociation. Le hasard avait bien fait les choses, que ce garçon, Jimmy, arrivât ainsi à point nommé au Sablier, la veille, et qu'il fût son interlocuteur. Une chance que lui aussi ait eu besoin d'aide pour mettre au point sa stratégie, dont d'ailleurs elle s'était bien gardée de connaître les détails mais dont elle avait vite soupçonné le but, grâce aux obsessions de Jean.

Jimmy était très clair et très habile, ça avait été un plaisir de négocier avec lui. Bien sûr, on n'a rien sans rien, et il avait fallu qu'elle inventât une contrepartie à ce qu'elle demandait. Il se méfiait naturellement, expliqua-t-il, de quelqu'un sorti de nulle part, sauf votre respect, et qui voulait une arme. Il lui fallait un gage de complicité en plus de l'argent. C'était légitime. Elle avait réfléchi vite, avait proposé, dessiné sur un bout de papier le plan de la route, la falaise. Elle avait expliqué cette maison certainement squattée, l'accès, en contrebas de la terrasse, à cette combe épaisse. Finalement, ça avait été évident, et elle gagnait sur tous les tableaux, offrant la planque sans risquer quoi que ce fût chez elle – de toute façon, le jeune agent de sécurité savait où elle habitait, fit-elle valoir, et n'avait donc pas à craindre un coup tordu. Étrange, un peu, à y repenser, comme il avait été facile à Baya de prendre pied dans ces domaines illégaux. Sans doute la frontière était-elle bien plus mince qu'on le croyait ; le système restait le même que dans le droit : contrepartie, réparation, défense, légitimité, alliances et pactes.

La Saab était garée sous l'auvent, coffre vers le mur. Le regard de Baya errait sur les aspérités de la falaise. L'agent de sécurité connaissait bien la colline, mais pas les parties non bâties, bien sûr. Il s'occupait des espaces humains. Ils s'étaient suivis, en voiture, vers la zone industrielle, déserte en ce samedi après-midi. Derrière le hangar d'un fournisseur de matériel pour clim, Jimmy lui avait expliqué le fonctionnement de l'arme et lui avait prodigué quelques conseils.

À midi Jean et Baya firent la cuisine, découpèrent sur une grande planche un morceau de bœuf rouge sang à l'aide des couteaux effilés qu'ils attrapaient sur la barre magnétique. Baya avait passé le tablier du site archéologique. Ils firent sauter la viande dans une poêle aux bords hauts avec plusieurs épices et légumes ; ils mirent soigneusement la table, présentèrent les assiettes avec art. Tout cela presque en silence, hormis des remarques sur les ingrédients, l'assaisonnement, la qualité de la viande. En mangeant ils burent de l'eau pétillante. Ils étaient comme convalescents, à moins qu'ils ne se préparassent à quelque chose ; la semaine à venir, tout simplement, peut-être. Baya demanda à Jean s'il allait retourner à Sud Soleil.

– Ouais, mercredi, répondit-il. Le siège de la Ségépoule vient pour valider le devis.

Elle eut l'air de réfléchir puis lui demanda si le rendez-vous était dans la galerie commerçante.

– Non, je ne pense pas. On sera dans les bureaux ou dans les parties techniques.

Elle sembla se satisfaire de la réponse.

Ensuite, à l'heure chaude, Jean s'allongea sur le canapé tandis que Baya prenait un bain. Il alluma la télé, zappa jusqu'à un documentaire sur les Berbères, et il pensa que ça intéresserait Baya, qui après tout était kabyle. Leurs mystérieuses origines, l'alliance passée par certains d'entre eux avec l'Empire romain contre Carthage, leur sédentarisation sur les terres qui seraient un jour l'Algérie. D'autres étaient restés libres, dans les régions montagneuses, avaient refusé de prêter allégeance aux Romains, et de même, vingt siècles plus tard, aux Français. Aucun empire ne les avait eus. Ils ressemblaient aux Ligures, pensa Jean. Il se dit qu'il devait retenir tout cela, mais en vérité il s'endormait par intermittence dans la fraîche pénombre du salon. Le documentaire se mêlait à sa rêverie, le site préhistorique accueillait des cavaliers du désert, les motifs des tapis tissés rejoignaient les cartes étranges gravées sur les roches, des taureaux traversaient la vallée au galop, il découpait la viande, la laie le regardait de son œil brillant et il s'enfonçait dans les taillis et les collines de l'Atlas.

– Magali et Benoît nous invitent à partir en Crète avec eux, dit Baya, plus tard, en paréo, alors que Jean était en train de cueillir des abricots.

Il posa le panier de fruits sur un banc, se dévêtit et rejoignit Baya dans la piscine. Ils s'enlacèrent.

– Quelqu'un s'est baigné, hier, dit Jean, sans aucune émotion visible. Juste avant que j'arrive.

Baya prit doucement son visage entre ses mains et l'embrassa sur la bouche.

– Ça ne durera pas, assura-t-elle.

Jean la regarda, tentant de saisir ce qu'elle avait en tête. Il abandonna. Il s'abandonna. Ils firent l'amour dans l'eau, serrés l'un contre l'autre, prenant appui sur le rebord parfaitement lisse. Peut-être qu'ils risquaient d'être surpris, peut-être étaient-ils observés ; Jean jouit, Baya sourit.

– Je t'aime, dit-elle.

Cela suffisait d'une certaine façon.

37

– Alors d'ici, on constate très bien comment les rayons du soleil s'orientent et l'effet convexe de la verrière, vous voyez.

Jean accompagna sa phrase d'un geste de la main, et le petit groupe qui l'accompagnait tendit le cou pour voir que le soleil, en effet, entrait à plein parmi les parois de verre feuilleté et allait se ficher droit dans les galeries des deux étages de Sud Soleil, en dessous d'eux. En vérité on n'avait pas du tout besoin de monter sur le toit du centre pour s'en rendre compte, mais c'était une idée de Mme Bourouissa pour donner du spectaculaire à la rencontre, et pour que les trois représentants du siège Union de la Ségépoule s'en prennent un peu dans les mirettes, quitte à avoir fait le déplacement. Le soleil zénithal tombait sur eux, implacable. Les trois hommes avaient trop chaud, tout droit sortis qu'ils étaient de leur métropole normande et de leur wagon de TGV climatisé. Ils suaient dans leurs costumes, les yeux plissés dans la lumière, mais au moins ils voyaient quelque chose.

Autour d'eux le paysage ligure apparaissait à trois cent soixante degrés : collines et falaises, zone d'activité et rocade, grues navales et vieux clochers ocre de Liguria, Méditerranée argentée dans la lumière, horizon brumeux, ciel bleu. La brise apportait les bruits de l'autoroute, peu de cigales car peu d'arbres. Immédiatement en contrebas, les étages de parking du centre s'offraient au regard, avec leurs mystérieuses figures géométriques censées dessiner le parcours humain : flèches, épis, hachures. Eux-mêmes évoluaient le long de la verrière, sur un second parcours dédié aux interventions techniques et d'entretien, passerelles, rambardes, plateformes. C'était tout aussi labyrinthique mais bien plus agréable que de les balader dans les sous-sols, bien sûr. Elle était futée, Mme Bourouissa.

– Convexe, répéta, d'un air extrêmement concentré, le plus jeune des trois, un trentenaire au cheveu rare et néanmoins soigneusement tartiné de gel coiffant.

– Eh oui, parce que si vous voulez, sur le linteau, les différentes vitres étant posées en quinconce, développa Jean.

– Ah oui, coupa le type, pour les normes antisismiques on est dans les clous mais pour ce qui est de la pénétration des rayons…

Il laissa sa phrase en suspens et prit un air affligé. Il avait bien compris. Il faisait du zèle, selon Jean, mais on s'en fout du moment qu'ils alignent les kichtas. Parce que s'ils étaient là, c'est que Bourouissa avait besoin d'eux pour valider le devis. Ils avaient tiqué sur les tarifs de Ligure Clim, en haut lieu. Du coup, logique, ils s'étaient pris trois allers-retours en première classe, restaurant et nuitée d'hôtel sur place, afin d'économiser des sous. Le business sous forme instituée avait de ces absurdités. Ce n'était pas le problème de Jean. Lui jouait sa partition, le mec pro, sûr de lui, et d'ailleurs il était convaincant, à en croire les petits sourires que lui adressait discrètement Ilham depuis le début de son exposé.

Jean-Pierre Toul, en chemisette liberty, hochait la tête à intervalles réguliers : tout se passait donc très bien.

Jean les fit avancer jusqu'à la plateforme suivante, pour varier un peu le point de vue. De là, on avait une vue plongeante, à travers les vitres, sur l'artère principale et l'atrium de la galerie ; et l'olivier malingre paraissait encore plus chétif et obstiné vu d'en haut, tandis que le toit du marchand de crêpes révélait son essentielle supercherie : n'être pas une roulotte pittoresque mais un vulgaire Algeco. C'était mercredi après-midi, il y avait du monde sur les bancs, du monde dans les galeries des étages, du monde qui entrait et sortait des boutiques.

Jean contempla la scène en attendant que tous ses interlocuteurs soient assez proches pour bien entendre ; son regard se posa un instant sur un groupe d'hommes attablés au café, leurs plateaux et gobelets répandus devant eux sur les tables, des sacs de la bijouterie du centre posés entre eux. Les nuques et les épaules dénotaient de longues séances de gonflette. Jean sentit un soupçon, quelque chose d'encore plus mince qu'une idée, passer à la lisière de son esprit.

Il était retourné à Byzance Kebab, à midi. Les trois garçons qui lui avaient mis la puce à l'oreille n'étaient pas là ; le cuistot l'avait reconnu, c'était agréable. Il était resté un peu, écoutant les conversations qu'il attrapait au vol, attendant que quelqu'un prononce le prénom qui lui était resté en tête. Personne ne l'avait prononcé, alors il était reparti. Il savait du moins, désormais, que le sandwich de Byzance Kebab n'avait rien d'exceptionnel.

Toute la petite troupe était autour de lui. Il reprit la parole, et s'adressant plus spécifiquement aux deux autres émissaires de la Ségépoule, celui (le maigre) qui portait le dossier et celui (le gras) qui avait déjà répondu trois fois au téléphone depuis le début de l'entretien, preuve à la fois de son importance hiérarchique et de son incapacité à se concentrer, il passa à la démonstration de sa solution « ombre naturelle ».

– On est sur une intervention légère, respectueuse de la structure, aussi bien niveau charge que niveau esthétique, parce que ça compte aussi. On vient placer, sur ce quinconce, un maillage léger qui permet d'apposer un système de lamelles, alors nous n'avons pas encore décidé, n'est-ce pas Ilham, mais peut-être du pin, tout simplement, parce que c'est une ressource peu chère, locale, et qui a de très bonnes compétences dont son poids, donc un système de lamelles de bois, si vous voulez, à la vénitienne.

Jean s'interrompit un instant pour que les trois types aient le temps de savourer les alanguies splendeurs miroitant dans ce dernier mot, leva ses deux mains pour mimer les lamelles éventuellement en pin, et reprit :

– À la vénitienne c'est-à-dire sur le modèle du store vénitien, vous voyez. Modulable. On garde la lumière, le pin est une essence très claire, lumineuse, mais on casse la convexité, ajouta-t-il en faisant un geste tranchant de la main, et en offrant un regard entendu au trentenaire, pour qu'il se sente vraiment dans le coup.

Les trois hommes opinèrent. Le maigre prit des photos avec son smartphone. Tout se déroulait comme prévu. Il devait faire à l'aise trente-huit degrés.

– Oh putain, proféra subitement Jean-Pierre Toul, qui ne hochait plus la tête mais tendait la main vers un point de l'atrium en contrebas.

Jean suivit son regard et distingua presque aussitôt les cris puis les détonations.

Un mouvement de foule avait commencé dans l'atrium. Des gens couraient sur les galeries des étages aussi. Quatre hommes, le visage recouvert de bandanas colorés, avançaient en tirant en l'air avec des fusils dont un à canon scié. Jean se précipita sur les trois hommes de la Ségépoule, les poussa pour qu'ils s'allongent, attrapa Mme Bourouissa pour la placer derrière lui, au sol. Des impacts de balles faisaient de petits *ploc* dans la verrière et des fissures la foudroyaient, rapides comme l'éclair. Allongé au sol, il tendit le cou pour observer la scène, attendant la confirmation de son intuition. Il l'eut tout de suite : les tireurs masqués firent feu sur les types à biscottos attablés à la crêperie. L'un d'eux se leva d'un bond, mais une balle l'atteignit et il tomba, renversant un guéridon, et sa tête heurta le pot de l'olivier imperturbable. La clameur devint assourdissante, aussi parce qu'Ilham Bourouissa s'était mise à hurler « Seigneur ! Mon Dieu ! Seigneur ! ».

Jean, tâchant de la bâillonner d'une main, regardait la scène. Il vit un agent de sécurité du centre courir vers les tireurs et les mettre en joue avec un Taser, mais les quatre hommes étaient en train de se replier vers une allée latérale et l'un d'eux lui tira dans le pied. Il s'écroula et saisit sa cheville à deux mains, le visage défiguré par un cri de douleur qu'on ne distingua pas. Les hommes attablés convulsaient, du sang se répandait un peu partout sur les assiettes en carton et le carrelage ciré.

– Ils vont sortir par la porte C, dit Jean-Pierre Toul et il se mit à courir sur les passerelles, étonnamment agile, tout en composant un numéro d'urgence sur son téléphone. Jean le suivit, courant aussi. Ils arrivèrent à un petit balcon de service qui dominait l'accès juste à temps pour voir les quatre hommes enfourcher deux très belles motos, qui démarrèrent dans un rugissement de pots d'échappement et foncèrent vers la rocade. Les tueurs avaient enfilé des casques intégraux. Jean remarqua que l'un d'eux tenait un sac griffé de bijouterie à la main. Ils avaient même un butin. De vrais pros.

– La police est en route, dit Jean-Pierre Toul, tâchant de suivre du regard les motos qui étaient déjà sur le rond-point d'accès à la rocade. Jean, très calme, était certain de là où ils allaient. Il aurait pu le dire. Il aurait peut-être dû, pensa-t-il. Il garda le silence.

Mme Bourouissa avait disparu. Les trois émissaires de la Ségépoule s'approchèrent, bouche ouverte, front en sueur.

– Fzzziouii, siffla le gros, et il enleva sa cravate.

38

La première « Saint-Natuche Meet Up » de la saison battait son plein : ambiance feutrée malgré les cigales, chanteuse métisse à voix chaude reprenant des standards R&B, beaucoup de chemises blanches et bleu ciel, un certain nombre de robes à dos nu, des espadrilles compensées lacées sur des chevilles bronzées, des montres-bracelets en argent. Les trois jeunes gens du service traiteur suaient abondamment sous leurs vestons en synthétique et servaient obséquieusement des coupettes de gris de Provence. On avait fini la dégustation de la cuvée « Aube Ligure », on était maintenant sur « L'An fit Théâtre », le cru 2020, nommé ainsi par clin d'œil à la fois à l'architecture du domaine et à l'actualité de cette année restée dans les mémoires. Gilles de Saint-Natuche aimait beaucoup les calembours. Par ailleurs c'était du bon pif, qui valait largement les trente-cinq euros que chaque convive avait déboursés pour s'inscrire à la Saint-Natuche Meet Up.

Mais au-delà du compliment de politesse qu'on adressait aux propriétaires qui voletaient d'un groupe à l'autre et accueillaient chaque nouvel arrivant avec force jeu de bras, personne ne parlait du vin. Sur toutes les lèvres de cette harde humaine rassemblée par la richesse matérielle et la conviction qui l'accompagne d'avoir 1) bon goût, 2) jugement avisé, 3) pensée pénétrante et 4) supériorité morale, le sujet était le même : la fusillade de Sud Soleil. C'était inquiétant; c'était scandaleux. C'était inévitable; c'était insupportable. C'était le fait de l'incurie des pouvoirs publics; en tant qu'élu, je m'inscris en faux par rapport à ce que vous dites. Je ne dis pas, Monsieur le maire, je ne dis pas. Au demeurant on pouvait se demander ce que branlaient, passez-moi le terme, les enquêteurs, qui n'avaient fait que constater les dégâts. La verrière avait fini par s'écrouler pendant la nuit, sur la scène de crime encore barrée de scotchs policiers. Trois des quatre hommes visés étaient morts de leurs blessures; le dernier, dans le coma, était dans le même hôpital que l'agent de sécurité qui avait perdu l'usage de sa cheville. On entendait, planant au-dessus des têtes bien coiffées, les mots de « pronostic vital », les mots de « scène de guerre ». Bénédicte de Saint-Natuche prenait un air affligé, en préférant pour sa part répéter d'un ton élégiaque le mot « jeunesse ».

Tout le monde était éclairé latéralement par les rayons orange du soleil descendant. C'était le solstice. Baya avait repris sa coiffure lisse et ne portait qu'un peu de rouge à lèvres. Elle était splendide et calme. Jean, moins calme qu'elle, tâchait de parler le moins possible. Cette assemblée le dégoûtait comme rarement. Il ne voulait pas révéler qu'il avait assisté à la fusillade, il ne voulait pas de leur curiosité. Déjà, il avait dû parler aux flics, la veille ; il n'avait rien dit de ses soupçons ni de ses certitudes. On ne parle pas avec les flics. Ensuite, en rentrant, au JT, les reportages complètement catastrophés, la piste terroriste non engagée à ce stade de l'enquête (« beh évidemment que non, bande de taches », avait dit Jean à l'écran). Il aurait voulu que tout le monde se tût, puisque les choses étaient arrivées à leur terme. Il avait apprécié que Baya ne lui posât aucune question ; elle l'avait juste câliné, et laissé dire ce qu'il voulait : pas grand-chose hormis : « ça devait arriver ». Telle était sa certitude, et cela l'apaisait totalement.

Il avait demandé à Baya de ne pas avertir les Martoni, qui les avaient rejoints au cocktail, de sa présence sur les lieux de l'attaque. En fait, il n'avait aucunement envie de commenter l'affaire. Il lui semblait que ce qu'il en comprenait, lui, était intraduisible à cette bourgeoisie littorale. Il les trouvait laids, moralement autant que physiquement, farcis de leurs certitudes et de leur sécurité ; il ne pensait plus à sa propre satisfaction financière, ni aux efforts qu'il avait consentis pour devenir propriétaire, pour être de ces gens qui font l'amour à leur femme dans leur piscine privée, qui ont une cuisine parfaite et qui payent des domestiques pour entretenir et protéger leur domaine. Car oui, c'était son monde. Or pour la première fois depuis très longtemps, il se sentait radicalement étranger à son monde, tellement étranger qu'il avait envie de partir.

– Et alors, à propos d'attaque, vos sangliers, ma chère dame ? demanda le maire à Baya, tout près d'elle mais adressant un bref signe de tête à Jean. Elle tourna légèrement le visage vers lui, n'esquissa même pas un sourire.

– C'est sous contrôle, répondit-elle.

– Ah, formidable ! Vous voyez, tout s'arrange, même en ces temps troubles, dit le maire en ouvrant les paumes vers le ciel.

– Oui, tout s'arrange très bien quand on se passe de votre aide, répondit Baya, toujours aussi calme, toujours aussi belle, glaçante. Jean eut envie d'applaudir.

Le maire prit un air pincé et pivota sur ses talons. Magali, qui avait assisté à l'échange, vint glisser une remarque dans l'oreille de son amie et les deux femmes sourirent.

La chanteuse entonnait « You Got Me » d'Erykah Badu et avait planté son regard dans celui de Jean. Il soutint ce regard sans s'en rendre compte, cherchant à comprendre pourquoi Baya avait répondu que les sangliers étaient sous contrôle, alors que pas du tout. Au bout d'un moment il s'avisa que la chanteuse lui souriait d'un air enjôleur et il se retourna pour ne plus être face à elle. Il avait envie de se barrer en coupant par les bois. Benoît Martoni s'approcha de lui.

– Sale affaire, dit-il en faisant un geste vague avec son verre. Alors, vous venez avec nous en Crète ?

– Oui, possible, répondit Jean avec effort. Et il demanda à quelles dates. Bientôt. Oui, faut qu'on voie. Il n'avait pas envie de parler, il aurait mieux fait de ne pas venir. Il n'avait même pas envie de boire du vin. Il avait envie d'aller au Sablier, de s'asseoir à la terrasse du kebab, et d'écouter les versions d'en bas. Le récit de la vengeance. Les peurs. Les espoirs. Les faits d'armes et les gloires.

– T'y as l'air fatigué, mon pote, dit Benoît avec son accent chantant.

Jean se passa une main sur le visage.

– Ouais, je suis peut-être bien fatigué. Beaucoup bossé – et avant que Benoît n'eût le temps de demander quoi que ce fût à propos du travail, Jean enchaîna – on est allés au Métropolis vendredi dernier, qui sait, je suis peut-être encore un peu en récupération.

Benoît sourit d'un air entendu. Il partit sur une histoire impliquant du LSD et un bateau de plaisance. Voilà, on n'avait qu'à parler psychotropes, ce serait très bien. Aucun enjeu, aucune complexité ; ni armes, ni clôtures, ni luxe ni sauvagerie. La détente. Il observait Benoît plus qu'il ne l'écoutait, son visage de brave type, son sourire content, peut-être un miroir de lui-même, parvenu, touche-à-tout, bricoleur avec le sens du commerce et bien heureux d'arriver à faire partie d'un monde où l'on paye trente-cinq euros pour passer deux heures avec d'autres riches et des coupettes. À nouveau, Jean eut envie de se barrer. Il fit signe à Baya qui bavardait avec Magali. Il lui dit « viens, on se casse » dans l'oreille, elle acquiesça.

Les quelques minutes qui suivirent, nécessaires à leur mise en route, furent peut-être pour Jean les plus pénibles de la soirée. Au fond, il ne souhaitait partir que pour réprimer l'envie de se battre qui montait en lui. Baya le voyait (alors que tout sourire elle saluait Bénédicte de Saint-Natuche en regrettant haut et fort de n'avoir pas eu le temps de, mais oui, absolument, un café, quel beau coucher de soleil) serrer les mâchoires en posant sur les gens qui l'entouraient un regard chargé de dégoût. Il songeait qu'il était entouré de porcs, de vulgaires porcs ; dans le regard de Baya, il était magnifique, avec cette colère rentrée ; à nouveau elle sentit à quel point elle devait le protéger. Elle le prit par le bras, on promit de s'appeler très vite pour le voyage avec les Martoni. Au moment où ils se mettaient en marche vers le parking, Jean s'arrêta. Il sortit son portefeuille, fit volte-face, se dirigea vers la chanteuse qui s'apprêtait à entonner un nouvel air et lui tendit trois billets de cent.

– Pour la musique, dit-il, et cette phrase sonna assez fort pour que les groupes les plus proches regardent la scène avec stupéfaction. La chanteuse tenait les billets, bouche bée. C'était princier et vulgaire à la fois. Jean repartit, impassible, les yeux fixés sur Baya qui l'attendait quelques pas plus loin. Il aurait bien clamé « allez tous bien niquer votre race », pour que les choses fussent claires, mais il se contenta de le penser très fort.

39

Baya gara doucement la Saab sous l'auvent, capot contre le mur. Jean ouvrit sa portière sans parler. Durant les quelques minutes de trajet, ils n'avaient pas échangé trois mots ; il essayait de se calmer, elle attendait qu'il se calmât. Il resta immobile pendant qu'elle récupérait son sac à main, leurs deux silhouettes se détachant sur le gravier qui dans cette lumière crépusculaire semblait fluorescent. Le soleil n'était pas encore couché. C'était le solstice.

Jean passa un bras autour de la taille de Baya, ils marchèrent côte à côte sur les quelques mètres qui séparaient la cour de la maison. Elle ouvrit la porte, désactiva l'alarme ; il alla chercher une boîte en métal sur l'étagère du salon, ressortit, s'assit à la table du jardin et entreprit de rouler un zder. Il l'alluma et inspira profondément une première bouffée de fumée, puis une deuxième. Il laissa la drogue détendre ses épaules, assoupir son cerveau. Baya vint s'asseoir près de lui avec une bouteille d'eau gazeuse et deux verres, et lui caressa la joue. Il la regarda, sourit, puis se mit à rire.

– Je suis vraiment un sauvage, des fois, dit-il.

Baya sourit.

– Une bête farouche, ajouta-t-elle, une pointe d'ironie dans la voix, et elle prit le joint qui s'éteignait au bout des doigts de son mari.

– Qu'est-ce qu'ils m'ont soûlé, oh là là, ajouta Jean en se frottant les yeux.

– Résultat, la soirée a coûté trois-cents balles.

Ils rirent tous deux, elle un peu affligée, lui un peu honteux. Mais bon, c'était fait maintenant.

– Ils doivent se demander d'où tu sors pour faire un truc aussi mal élevé.

– Je sors de la jungle, ils auraient dû savoir.

– C'est que tu caches bien ton jeu, d'habitude.

– Tu trouves ? dit-il d'un ton légèrement sarcastique.

Il se leva, enleva son polo et le posa sur le dossier de son fauteuil en plastique.

– Regarde, dit-il, c'est la pleine lune.

En effet, le satellite brillait dans le ciel encore clair. Du côté de la piscine, le crépuscule était splendide, le ciel embrasé de mille teintes de rouge, orange, rose, les traits des avions comme autant de balafres cotonneuses, et la côte scintillant déjà de sa nuit électrique. C'était un ciel annonciateur d'orage, toujours les plus spectaculaires. Jean acheva de se déshabiller et entra dans l'eau. Baya s'assit sur le bord de la chaise longue, finissant le joint. De petites lampes solaires bordaient la terrasse et indiquaient l'escalier qui descendait vers le verger. Ciel en feu, bleu piscine, vert et noir des arbres, panorama splendide, grand calme : elle eut une bouffée de tendresse pour son existence. Jean s'était accoudé sur le rebord, lui tournait le dos et contemplait le coucher du soleil, et il était beau dans le paysage. Elle fit une photo avec son téléphone, mais cela ne rendait pas aussi bien que le réel.

– Je sais qui a fait le coup à Sud Soleil, dit-il pardessus son épaule.

À cet instant, les cigales s'arrêtèrent subitement ; le soleil avait entièrement plongé derrière la ville, là-bas. Baya ouvrit la bouche mais ne proféra aucun son. À cet instant, ils faillirent tout se dire, révéler leurs secrets respectifs, et se rendre compte qu'ils avaient cheminé côte à côte, sans s'apercevoir, dans le dédale obscur, qu'ils en atteignaient le centre au même moment, prêts à découvrir ce qui s'y cachait. Mais Baya garda le silence encore une seconde.

Et à cet instant aussi, on entendit un bruit dans le taillis, derrière elle. Ce piétinement mêlé de frôlements ; Baya se rendit compte qu'elle les attendait.

Jean tourna la tête, aux aguets. Il vit Baya se lever. Il se dirigea dans l'eau vers les marches qui bordaient la piscine. Baya était partie. Il gravit les degrés, ruisselant d'eau, le regard fixé sur la végétation dont les derniers rayons du soleil rendaient l'intérieur plus sombre ; et, debout sur les dalles régulières, il vit briller dans la pénombre deux points de phosphore.

Baya se dirigea d'un pas vif et furtif à la fois vers la Saab, ouvrit le coffre qui n'était pas verrouillé, saisit l'arme par la crosse. Le canon était scié. Elle était déjà chargée, il n'y avait plus qu'à l'armer. Jimmy lui avait montré comment faire, elle avait répété le geste, elle ne tremblerait pas. Elle pivota sur ses talons, retourna vers la piscine.

Jean ne bougeait pas, figé comme un animal ébloui. Les yeux le regardaient, encore dissimulés par les branches basses. Il se rendit compte qu'il l'attendait. Quelque chose d'indéfinissable interdisait tout mouvement, toute réaction. La femme sortit du fourré, quasi nue, s'avança vers le bassin, les traits impassibles. Il ne bougeait toujours pas. Elle tendit le bras et sa main toucha l'épaule de Jean.

– Alors là, certainement pas, cria Baya avec colère, et debout sur la terrasse d'au-dessus, elle mit en joue.

La femme bondit en arrière et presque aussitôt s'enfonça dans le taillis. Baya se lança à sa poursuite.

40

La lune ronde, énorme, brillait comme une étoile. C'était un peu plus bleu mais on y voyait comme en plein jour. Jean, ayant seulement revêtu son short et ses tennis, courait, tâchant de rattraper Baya qu'il voyait devant lui, plus haut. Ils avaient rejoint la route. Elle courait avec régularité, entraînée, concentrée, le poids de l'arme ne semblant nullement perturber son équilibre. Elle ne distinguait pas toujours la femme devant elle, mais elle l'entendait ; ses sens lui semblaient décuplés par la rage ; pour un peu elle eût presque senti son odeur. Elle était sur sa piste, elle allait la rejoindre.

Jean n'avait pas sa régularité mais l'adrénaline lui permettait des accélérations fréquentes, malgré la déclivité, et il ne la perdait pas de vue. Baya ! criait-il parfois, mais cela lui coupait le souffle, d'autant que le joint encrassait ses poumons. Elle ne se retournait pas, elle ne s'arrêtait pas. La femme était sans doute quelque part devant.

Arrivée à l'entrée de sa maison, Baya descendit sans hésiter la piste en gravier, s'arrêta un instant sur la terrasse de béton, tâchant de retenir sa respiration rapide le temps d'entendre quelque chose. Elle distingua le craquement de branches cassées en contrebas, dans la combe, par là où elle avait vu, quelques jours plus tôt, s'engouffrer les sangliers. Elle bondit dans le fourré au moment où Jean atteignait à son tour la terrasse. Il ralentit, le temps de jeter un regard circulaire à la maison et au mobilier ; c'était donc ici qu'elles avaient écouté la musique, pensa-t-il un instant, puis aussitôt il tendit le cou pour voir où Baya était passée. La nuit ne tombait pas, le jour semblait installé pour toujours dans un filtre bleuté jeté sur le monde, même si, au loin, les nuages lourds s'approchaient. Il distingua l'entrée de la piste des bêtes, se jeta à la poursuite des deux femmes.

C'était plus sombre et plus accidenté dans la combe. Parfois Baya dérapait pour descendre, pieds parallèles à la pente. Il y avait des pins bas, buissonnants, quelques troncs de chênes tordus, un peu de houx qui parfois griffait ses jambes, mais dans ce dédale la piste lui semblait bien dessinée ; elle remontait, après le creux, entre des arbres un peu plus grands. La falaise, en surplomb, réverbérait la blancheur de sa pierre sous la lune jusqu'à faire du décor un monochrome. Baya passa la clairière et son odeur âcre, sans un regard pour les formes luisantes qu'on y distinguait, et entreprit l'ascension à une vitesse de demi-fond, toujours concentrée.

Jean arriva presque aussitôt dans la clairière, et fut surpris par le brusque élargissement de la piste. Il hésita, s'arrêta une seconde pour reprendre son souffle ; il sentit une odeur fauve et vit des herbes froissées dans un fond humide. C'était la bauge des sangliers. Son regard fut attiré par une couleur vive qui tranchait avec le bleu-gris des feuillages. Il regarda de plus près. Deux très belles motos étaient couchées dans le taillis, sur le flanc. Un reflet de lune sur le carénage avait attiré son regard.

– Non mais quoi ? s'exclama Jean.

Dans son esprit, un lien foudroyant et obscur se dessina entre la scène à laquelle il avait assisté depuis la verrière de Sud Soleil, le dénommé Jimmy dont on parlait au Sablier, et le canon scié que tenait Baya. Il reprit sa course avec un regain d'énergie, et il grimpa à toute vitesse jusqu'à se retrouver sur la crête de la falaise, distinguant à nouveau, grâce au jour plus important dans cet espace découvert, la silhouette de son épouse courant à quelques mètres devant lui – et il vit aussi la femme, plus loin, gravir un escarpement.

Sauf à se jeter dans le vide, elle n'a aucune issue, pensait Baya en courant, plus vite, avec encore plus de rage. Elle la tenait. Ses pieds semblaient à peine toucher terre et prévoir les appuis entre les roches avant même d'atterrir. Elle n'était pas essoufflée. Elle voyait parfois la peau nue de la femme miroiter devant elle. Ce n'était plus qu'une question de minutes avant d'arriver au promontoire. De secondes.

– Merde, dit-elle quand elle trébucha contre une racine, faux mouvement sans grande douleur mais qui l'obligea à s'arrêter un instant pour dégager son pied.

Elle reprit l'ascension, le gun dans la main gauche, la droite attrapant çà et là une branche ou une anfractuosité de roche aux endroits où le sentier se faisait escalier. Elle entendit Jean l'appeler, non loin derrière, mais ne répondit pas. Elle fit un bond qui la propulsa sur la vaste pierre lisse qui formait le promontoire.

Jean arriva quelques secondes après elle.

La femme était là, debout sur l'éminence à pic, face au paysage de la baie enveloppée de nuit claire ; les nuages amoncelés à l'orient crachaient de muets éclairs. On ne distinguait sur la nuit électrique que la ligne de sa nuque et de son dos, elle semblait scruter quelque chose. Ou peut-être que non, peut-être que je l'imaginais seulement.

– Ah, dit Baya, triomphante et grave. Elle passa la carabine dans sa main droite.

La femme se retourna lentement. Elle ne portait qu'une culotte. Ses yeux phosphorescents plongèrent dans ceux de Jean, puis de Baya. Les trois humains se tenaient à égale distance.

– Sale bête, continua Baya. T'as cru que j'allais te laisser mettre le chaos chez moi ?

La femme ne répondit pas mais ouvrit la bouche dans un quasi-sourire alors que Baya pointait le canon, bras tendu, vers son thorax. On vit ses canines. Baya leva le cran de sécurité, ses doigts s'appuyant sur la gâchette, fit feu.

– Non ! cria Jean en bondissant sur elle, et il saisit le poignet de Baya ; son cri se perdit dans le bruit de la détonation.

41

Il faisait très chaud, c'était le début du mois de juillet. L'orage du solstice n'était déjà qu'un lointain souvenir. Jean et Baya posèrent leurs sacs de voyage à côté de la Saab.

– Donc vous laisserez le jeu de clés dans le tiroir du barbecue, comme d'habitude ?

Rowry acquiesça. Ils étaient tous trois debout dans l'allée qui longeait la villa ; le jardinier avait posé sa brouette avec une série d'outils à l'intérieur.

– C'est un moment tout à fait opportun pour redessiner le parterre, dit le Britannique avec son accent distingué. La chaleur freine la croissance des herbes sauvages.

– Faites au mieux, dit Baya, nous avons confiance. Et elle sourit.

– Je me permets de demander, reprit Rowry, si vous avez déjà reçu la visite des forces de l'ordre. Parce que je crois qu'ils font le tour de la colline en cherchant des témoins. Par rapport aux deux motos des tueurs qui ont été retrouvées dans la combe.

Il y eut un silence, c'est-à-dire qu'on n'entendait plus que le chant des cigales.

– Comme la maison au-dessus est inoccupée…, ajouta le jardinier, l'air de rien.

Baya le dévisagea. Il soutint son regard sans ciller.

– J'ai oublié mes lunettes de soleil, dit-elle, et elle se dirigea d'un pas rapide vers l'entrée.

– S'ils viennent pendant que vous êtes là, dites que nous sommes absents, reprit Jean.

Le jardinier opina de nouveau. Jean se demanda ce que savait Rowry, ce que lui-même ignorait. Puis il ne pensa à rien. Il ne pensait à rien depuis des jours, lui semblait-il, à part à faire l'amour et ses bagages. Les cigales s'en donnaient à gorge déployée.

– C'est bon, dit Baya en revenant. On peut y aller. Vous connaissez la Crète, Rowry ? C'est l'un des berceaux de la civilisation, à ce qu'il paraît. Le mythe du Minotaure, la naissance de la technique et de l'architecture, tout ça. Ce n'est pas si loin de vos histoires de Cornouailles, quand on y pense.

– Non, je n'y suis jamais allé. Mais comme je vous le disais, madame, les mythes sont toujours un peu les mêmes, au fond. Des histoires d'humains contre bêtes, de sacrifice et de civilisation.

Jean les dévisagea à tour de rôle, un peu surpris du tour que prenait la conversation. Il arrêta d'écouter, laissant son regard errer sur le faîte du toit, les pierres du mur. C'est vrai que ce serait peut-être bien, de vendre, et de partir pour de bon. Ils en avaient parlé avec Baya la veille, blottis l'un contre l'autre dans la pénombre douce de la chambre, repus. On parle, comme ça, des fois, on a des idées. Ils verraient. D'abord les vacances.

Ils saluèrent le jardinier, montèrent dans la Saab qu'ils devaient laisser à l'aéroport. C'était Jean qui conduisait. Le jardinier les regarda partir, puis, quand la voiture eut disparu, il eut un rire silencieux, assez long, comme s'il pensait à une blague.

Ensuite il retourna à la brouette et se rendit dans le jardin. Il travailla longtemps, arrangeant les bordures, repiquant des fleurs qu'il avait apportées en pots, taillant çà et là les massifs ; parfois, il s'arrêtait pour contempler la baie, scintillant de soleil, paisible, ordonnée par le labeur humain. Le soleil descendait ; on ne sentait pas encore que les jours raccourcissaient, mais ça viendrait bientôt ; plus vite qu'on ne pouvait le croire. Quand il eut terminé, il rangea soigneusement les outils dans l'appentis, repassa une dernière fois avec le tuyau d'arrosage, puis coupa l'eau, cacha les clés à l'endroit convenu. Il monta dans sa camionnette blanche et partit. Le bruit du moteur s'éleva, s'attarda dans l'air, décrut, disparut dans la vallée.

La lumière déclinait, inondant d'un jour doré les massifs et les arbres, faisant rougeoyer le mur ouest de la maison aux volets clos. Les transats et la table de jardin étaient rangés. Face à l'horizon brumeux, la piscine envoyait au ciel sa lisse surface bleutée. Peu à peu les cigales se turent, presque en même temps, pas tout à fait ; la dernière d'entre elles, la plus haut perchée, continuait encore, captant les derniers rayons du soleil parti se noyer derrière l'horizon. À un moment, les aboiements des chiens des Moutte résonnèrent, lointains ; puis cessèrent. Tout fut calme et bleu. Rien ne bougeait dans le soir. Un passereau attardé traversa le ciel et disparut dans la nuit. Entre les ombres sinueuses des pins, la lumière de la lune décroissante se déversait comme une huile sur l'herbe rase et les jarres pleines de fleurs.

Il y eut un piétinement dans les taillis au bord du jardin, sur la restanque supérieure. Des branches furent froissées. Dans la pénombre du sous-bois clignotèrent deux points de phosphore. Puis une silhouette en sortit, et s'avança, sans hâte ni crainte, sur la pelouse soignée.

Un grand merci à Benjamin Crotty, Oriane Delacroix, Romain de Becdelièvre, Stéphane Gaillard, Samuel Gratacap, Chloé Leblond, Pierre Machu, Céline Mastorakis, Leslie Moquin, Jeanne Vicerial, Sara Vitacca, Anaïs Wenger, pour l'aide précieuse qu'ils et elles ont apportée, de leurs multiples manières, à l'écriture de ce livre.

RÉALISATION : NORD COMPO À VILLENEUVE-D'ASCQ
IMPRESSION : NORMANDIE ROTO IMPRESSION S.A.S. Z.I. DE MONTPERTHUIS
DÉPÔT LÉGAL : AOÛT 2021. N° 148509 (2101551)
– *Imprimé en France* –